死神と道連れ

怪異名所巡り９

赤川次郎

JN031055

集英社文庫

デザイン／小林満
イラスト／南Q太

目次

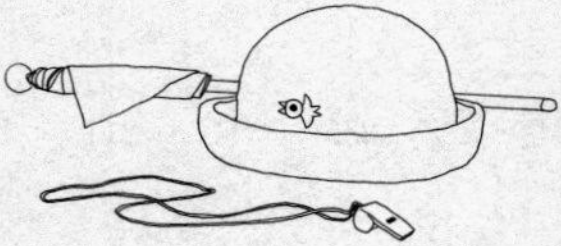

死神と道連れ

怪異名所巡り9

炎は燃えて

1　社長

今日は何とか……。

宮坂《みやさか》はジリジリする思いで、会議の議題が終るのを待っていた。

司会役の専務が、

「では、今日の議題はこれで——」

と言い出すと、宮坂はすかさず、

「お願いします」

と、手を上げた。

専務が渋い顔をするのが分ったが、そんなことを気にしてはいられない。

「何だね、宮坂君」

「先月もお願いした、〈Sホーム〉の火災報知機の件です」

と、宮坂は言った。「今、火災が起きたら取り返しがつきません。ぜひ社長のご決裁を」

社長の黒崎《くろさき》は、表情を全く変えない。

会議といっても、ほぼ三時間の内、二時間は黒崎の話を聞くだけである。

この会社のオーナー社長、黒崎は、人の意見に耳を貸すことはほとんどない。

専務はやれやれという顔で、

「毎月同じことばっかりだな」

早く手を打ってくれれば、毎月言わなくてもいいんだ、と宮坂は心の中で言ったが、

「ぜひ社長に……」

「社長」

と、専務が黒崎を見る。

黒崎は眉一つ動かさず、

「俺はこれから行く所がある。遅れるわけにいかんのだ。会議はこれで終る」

と言った。

宮坂の顔から血の気がひいた。

「ですが、社長。今は十一月で、これから暖房機具を使う機会が多くなります。当然、火災の危険も――」

声が震えた。

黒崎は宮坂の発言など全く聞こえていないかのように、立ち上った。そして、

「これで終る」

と、くり返すと、太った体を揺らしながら、会議室を出て行ってしまった。

宮坂は息を吐いて、机の上の資料を手の中で握り潰《つぶ》した。

「おい、宮坂君」

と、専務の須田《すだ》が気軽な口調で言った。「そう真剣に悩むな。何も今日火事が起るわけじゃないさ」

他の出席者から笑いが起った。

「そうか」

と、課長の一人がわざとらしく肯《うなず》いて、「宮坂君と社長のお嬢さんは熱い仲らしいからな。それで火事になるのを心配してるのか？」

みんなが一斉に笑う。――宮坂は何も言わなかった。

会議室に一人残った宮坂は、ふと顔を上げ、

「風か」

と呟《つぶや》くと、窓辺へと立って行った。

夜景に見えているのはビルの明りや車のライトばかりで、風が強いことは分らないが、ヒューッという音が窓を通して聞こえている。木枯しだ。

こんな夜に、もし火事が起きたら……。

宮坂は祈るような思いで、目を閉じた。

「何を考えてるの？」

と、美沙子《みさこ》は言った。

「いや……」

宮坂が口ごもっていると、美沙子は続けて、

「今日の会議のこと？」

宮坂は美沙子を見て、

「何か聞いたのかい？」

「そうじゃないわ。あなたがそういう顔をしてるときは、いつも会議の後だから」

「そんなに不機嫌な顔してる？」

「してる」

と言って、美沙子は笑った。「でも、あなたの不機嫌な顔も好きよ」

宮坂も笑うしかなかった。

――二人は銀座《ぎんざ》の高級フレンチのレストランで食事していた。

宮坂良次《りようじ》は〈K商事〉の営業課長代理。三十一歳の若さだが、営業の手腕は高く買われていた。

黒崎美沙子は二十七歳。〈K商事〉の黒崎伸也《しんや》社長の一人娘だ。

「心配なんだ」

と、宮坂は言った。「〈Sホーム〉のことがね」

「ずいぶん前から言ってる件ね？　父が何か手を打たないの？」

「社長は――こう言っちゃ何だが、〈Sホーム〉みたいに採算の取れない分野は整理してしまいたいんだよ」

と、宮坂はコーヒーを飲みながら、「だから今さら金をかけて、火災報知機やスプリンクラーなんて付けたくないんだ」

「でも、そんなに危険なの？」

「まあね……」

宮坂は肩をすくめて、「今夜はその話はやめよう。もったいないよ」

二人が知り合ったのは、大学生だった美沙子が、父親の会社にアルバイトに来たときだった。

当然、「社長令嬢」であることは知れ渡っていて、誰もが美沙子のご機嫌を伺うような中、宮坂は遠慮なく美沙子にどんどん用を言いつけ、時には営業に連れて行った。

美沙子は、そんな宮坂に惚《ほ》れてしまったのだ。

「――出ようか」

と、宮坂は言った。

「ええ。——あなたの部屋に行っていい？」

と、美沙子は訊《き》いた。

宮坂は小さなマンションで一人暮しである。付合い始めて半年後には、美沙子は宮坂の部屋で彼の腕に抱かれた。

「あんまり遅くなると……」

「父のこと心配してるの？　大丈夫よ。今、父はほとんど家へ帰って来ない」

「社長が？　どこに泊ってるんだ？」

「さあね。たぶん……女の所でしょ。誰か知らないけど」

黒崎の妻、つまり美沙子の母は、もう五年前に亡くなっていた。

支払いを済ませて、レストランを出ると、宮坂は一瞬目をつぶってしまった。

「凄《すご》い風だ」

食事している間に、北風は倍以上も強くなっていた。しかも、乾き切っている。

「寒いわ」

と、美沙子は首をすぼめて、「早くあなたのベッドに入りたい」

「タクシーを停《と》めよう」

幸い、すぐ空車が来た。二人は乗り込んだが——。

「どちらへ？」

と訊かれて、宮坂はためらった。

「どうしたの？」

と、美沙子がふしぎそうに言った。

「ごめん」

宮坂は、〈Sホーム〉の住所を告げた。

「どうして……」

「いや、この木枯しで、あそこはどんなに寒いか。しかも、乾燥し切ってる。ごめんよ、ちょっと寄れば気が済むんだ」

「分ったわ」

美沙子は笑って、「それで安心できるのならね」

「すまないね」

「いいの。そういう風に仕事に誠実な人って好きよ」

タクシーは夜の町を走っていた。

宮坂は、営業マンとして、方々で仕事を受けて、駆け回っていたが、その中に〈Sホーム〉という老人用アパートがあった。

築五十年近い、木造二階建で、先代の社長――今の黒崎伸也の父親の代から所有していた。

今の社長は、早く〈Sホーム〉を取り壊して、マンションでも建てたいのだが、住んでいるのは、ほとんどが一人暮しの老人で、〈Sホーム〉を出ても行く所がなく、そんなお金もない。

といって、相手は老人だ。黒崎としても、力ずくで追い出すというわけにはいかなかった。

宮坂は、住人の老人たちとも仲が良く、あれこれ相談相手にもなっていた。だが、本来は防火対策を立てて、実行しなければいけない。

消防署からも、再三注意を受け、宮坂はその都度、足を運んでいた。しかし、くり返し頼んでも、黒崎は何もしようとしない。

「――私からも父に話してみるわ」

タクシーの中で、美沙子は言った。

「そうだね――」

宮坂が言わせているようで、黒崎は却《かえ》って意地になるかもしれない、と今までは思っていた。しかし、そんなことは言っていられない。

「じゃ、社長に話してみてくれる？　助かるよ」

「ええ、分ったわ。――父だって、私たちだって、いつかはあそこのお年寄みたいになるのにね……」

宮坂は美沙子の手を握った。

すると、運転手が、

「火事だな」

と言った。「消防車で通れないですよ」

一瞬、ヒヤリとした。

「どの辺？」

と、宮坂は身をのり出した。

「この先です。道が狭いからね」

夜空に白い煙が上っている。

「あれは……まさか！」

血の気がひいた。「降りるよ」

「どうしたの？」

「〈Sホーム〉の辺りだ」

「まあ……。いいわ、私が払う。先に行って！」

「すまない！」

タクシーを降りると、宮坂は駆け出した。北風も気にならない。

お願いだ！　他の所であってほしい。

宮坂は祈るような思いで、消防車の傍《そば》をすり抜けて行った。

宮坂は足を止めて、

「――まさか！」

と呟いた。

〈Sホーム〉が炎に包まれつつあった。

「早くしろ！　放水！」

消防士も必死だが、道が狭いので、人が入れない。一、二本の放水では、この強風下、火の勢いに負けてしまっていた。

「宮坂さん！」

寝衣姿の老女が、宮坂を見て駆け寄って来る。

「みんなは？　逃げたんですか？」

「寺山《てらやま》さんが――。足が悪くて動けないの」

「二階の端でしたね」

宮坂は〈Sホーム〉へと駆け出したが、火の勢いに押し戻されてしまった。

「おい！　やめろ！」

と、消防士が怒鳴った。「中へは入れないぞ！　すぐ火が回る！」

「でも……」

風向きが変ったのか、火の熱が薄らいだ。

「宮坂さん！　やめて！」

と、腕をつかんだのは美沙子だった。「あなたまで死ぬわ！」

「しかし……放っておけない」

宮坂は美沙子の手を振り切ると、〈Sホーム〉の玄関口へと走って行った。

「宮坂さん！」

美沙子は両手で顔を覆った。とても見ていられない。

どれくらいたったか。――突然、宮坂の声がした。

「下で受け止めてくれ！」

二階の窓から、宮坂が老人の体を支えて抱え上げようとしていた。

消防士が数人、窓の下へ駆けて行く。

「落とすぞ！」

という声と共に、老人の体は窓から落ちたが、下の消防士が何とか受け止めた。

「やったぞ！　早く飛び下りろ！」

と、消防士が宮坂へ叫んだ。

宮坂は窓枠に足をかけ、飛び出そうとした。――正《まさ》にそのとき、二階が崩れ落ちて、大きな炎の中へと消えたのだ。

「宮坂さん！」

美沙子はその場に崩れるように座り込んで動けなかった……。

2 婚約

「今日は気楽ね」

と、町田藍《まちだあい》は言った。「婚約のお祝いで、下田《しもだ》までのツアーだって。幸せなツアーはやっぱりいいわ」

「そうかい？」

と、ドライバーの君原《きみはら》が言った。「君が一緒だ。ただじゃ済まないかもしれないぜ」

「やめてよ」

と、藍は苦笑した。

〈すずめバス〉のバスガイド、町田藍は二十八歳。

バスは指定の住所へと向っていた。

爽《さわ》やかな秋の午後で、道も空《す》いている。

確かに、「これでいいのかしら？」という思いが、藍の中にあったのは事実である。

藍は人並み外れて霊感が強く、しばしば霊に出くわす。

でも――まさか〈婚約お祝いツアー〉で幽霊なんて……。

大方の話は聞いていた。

花嫁は黒崎美沙子、三十歳。〈K商事〉の社長の令嬢。

今日のバスには、その一族十人ほどが乗って来るはずだ。

結婚相手は、行先の下田のホテルで、黒崎美沙子を待っているということだ。

「黒崎って、聞いたことがあるぞ」

と、運転しながら、君原が言った。

「調べたわ、私も」

と、藍は言った。

「何か分ったかい？」

「ええ。古い木造の老人用アパートが火事になったの。逃げ遅れた住人を助けた若い人が焼け死んだのよ」

「そんなことがあったかな」

「亡くなったのは、そのアパートを所有してた会社の社員で、マスコミは英雄扱いしたんだけど、その会社の社長が記者会見で、『消火設備に不備があった』と認めて、『その責任者は死んだ宮坂だった』と言ったのよ」

「ああ、憶《おぼ》えてる。TVで記者会見の様子をやってたな。何だか冷たい感じの社長で」

「死んだ人間に責任をなすりつけるのか、ってずいぶん批判されたわ」

「で、どうなった?」

「どうにも。――その社長は政権幹部と親しくて、マスコミに圧力をかけたらしいわ。ニュースからその発言は消えて、忘れられて行った」

「やれやれ。どんなひどいことをしても、じっと辛抱してりゃ、みんな忘れて行くんだよな」

と、君原は言って、「おい、待てよ。その社長ってのが――」

「黒崎伸也。今日のお客様よ」

と、藍は言った。

門の前にバスを停めると、藍は門柱のインタホンで、名前を告げた。

門が電動で開く。バスを正面につけると、玄関のドアが開いた。

「ご苦労さん。――十分ほどで出られる」

と、出て来た男が言った。

「お待ちしております」

「僕は〈K商事〉の専務、須田というんだ。黒崎社長は一番奥の席に」

「はい。伺っております」

——藍は、その堂々たる構えの屋敷を見上げた。

造りも豪華で、ヨーロッパの宮殿のようだ。

しかし——藍は何だか落ちつかなかった。

門を入ってから、何か肌のざわつく感じがあった。気のせいだろうか？

気のせい、と思えれば楽だが、藍はこれまでの経験で、ここには何かあると分っていた……。

「ああ……。何ごともなく終ってよね」

と呟くように言って、バスの前で、屋敷の建物を振り返ると——。

突然、屋敷全体が、巨大な炎に包まれた。それは藍が思わず声を上げてしまうほど、はっきりした幻影だった。

「どうかしたか？」

と、君原が気付いてバスから降りて来た。

「大丈夫……。でも、あなたの言った通り、何か起るかもしれないわ」

「そうか。やっぱりな」

「面白がらないでよ」

と、藍は君原をチラッとにらんだ。

——十分ほどして、玄関から乗客たちが出て来た。

さっきの須田という専務が、

「こちらがお嬢様の美沙子さん」

と紹介したのは、白いスーツの女性で、青白い、美しい顔立ちだった。

「この度はおめでとうございます」

と、藍が言うと、

「ありがとう」

と、口元にかすかな笑みを浮かべる。

バスに乗ると、美沙子は、一番前、藍のすぐ後ろの席に座った。

「美沙子さん、社長は奥に。隣に行かれては？」

と、須田が言ったが、

「いえ、私、ここがいいの」

と、美沙子は首を振って、「みんな奥へ入って」

次の客は、ツイードの上着の、頭の禿《は》げ上った中年男だった。バスに乗ると、

「何だ、これじゃ普通のバスと変らないじゃねえか。サロンカーかと思ったのに」

と、文句を言った。

「叔父さん、文句はやめて」

と、美沙子が冷ややかに言った。「お金を払うのは叔父さんじゃないわ」

「まあ、それは……。飲物ぐらい出るのか？」

後で、藍はその男が黒崎の亡くなった妻の弟、野添浩一《のぞえこういち》という男だと知った。妻は幸子《さちこ》。四十代らしいが、どこか生気がなくておどおどしている。

二人について来たのは若い娘で、女子大生のユリだった。

「わ、ゆったり座れる！」

と、ピクニック気分らしく、はしゃいでいる。

他に、〈K商事〉の重役夫婦が二組いた。

「――すみません」

と、美沙子は、身をのり出して、バスの外で立っている藍へと声をかけた。「父の仕度が遅くて」

「いいえ、ちっとも。時間は余裕をみてありますから」

と、藍が答えたとき、黒崎伸也が出て来た。

黒崎と腕を組んでやって来たのは、派手な印象の女だった。三十代半ばというところか。

「父の彼女です」

と、美沙子が言った。

東《あずま》アケミというのが、その女の名前だった。

黒崎伸也は、六十を過ぎているだろうが、どこかギラついたものを感じさせる男だった。

黒崎は、東アケミと一緒に、一番後ろの席へと落ちついた。

「では発車いたします」

と、藍は言った。

バスが走り出して一時間ほどたったとき、そう言い出したのは、美沙子の叔父、野添浩一だった。

「おい、灰皿はないのか」

ポケットからタバコとライターを取り出している。

「恐れ入ります」

と、藍は言った。「当社のバスは禁煙とさせていただいております」

「これは貸切りだぞ。タバコぐらい喫《す》わせろ」

と、止める間もなくタバコをくわえて火を点《つ》けようとする。

「叔父さん」

と言ったのは美沙子だった。「タバコはやめて、嫌いなの」

藍は、美沙子のひと言で、野添が渋々タバコをしまうのを見た。

「間もなくサービスエリアに寄ります。もしよろしければそちらで」

「ああ、分った」

と、野添は仏頂面《ぶっちょうづら》で言った。
五、六分で、バスは一旦停車した。
野添が真先《まっさき》にバスを降りる。

他の客は座席に残っていたが、藍がバスを降りると、

「町田藍さんね」

と、女子大生の野添ユリが降りて来た。

「何か……」

「あなたって、超能力の持主なんでしょ？」

と、ユリは言った。

「超能力はありません」

と、藍は言った。「ただ、少し普通の方より霊感が強いだけで」

「凄いじゃない！　幽霊とお話しできるんでしょ？」

「いつもというわけじゃ――」

と言いかけたとき、

「ワッ！」

と、声を上げたのは野添浩一だった。

振り返って、藍はびっくりした。

野添はライターを足下《あしもと》に放り出していた。そのライターは火に包まれていたのだ。

「どうなさいました？」

と、藍が訊くと、

「どうもこうも……。タバコに火を点けようとしたら、ライターが凄い勢いで火を噴いたんだ！」

「火傷《やけど》なさいませんでしたか？」

「ああ……。大丈夫だ。すぐ手を放したからな」

「良かったですね」

「ちっとも良くない！　あのライター、高級品なんだぞ」

「お父さんのことだから」

と、ユリが言った。「きっと偽物をつかまされたのよ」

野添は渋い顔で、

「向うへ着いてからにしよう、タバコは」

と言って、バスの中へ戻った。

「——何かあって？」

と、ユリが言った。

「は?」

「怪しげな気配とか」

「いえ、そんな……」

「隠さないで。あなたがいるから、〈すずめバス〉を頼んだんですもの」

「それは——どういう意味です?」

「美沙子さんに訊いて。あなたのことを言い出したのは、美沙子さんだもの」

と、ユリは言った。

——再びバスが走り出して、少しすると、

「町田さん」

と、美沙子が言った。

「何か?」

「ユリちゃんから聞いた?」

「あの……」

「父がマスコミで叩《たた》かれた事件があったの。知ってる?」

「〈Sホーム〉の火災のことですね」

「そう。——あのとき、住んでいた体の不自由な人を助け出して、自分は死んだ人がいた。宮坂良次。私の恋人だったの」

「そうでしたか」

「私の目の前で、〈Sホーム〉は崩れ落ちていったわ。それを、父はまるで自業自得のように……」

美沙子は、初めて悔しげな表情になって、「あれから三年たつわ」と言った。

「私は、誰とも付合いたくなかった。でも今度、下田のホテルで待ってる皆川健一《みながわけんいち》という人と婚約することに」

「そうでしたか……」

美沙子と藍は肯き合った。

「こんなことって……」

と、町田藍は呟きながら、「でも——仕方ないわ」

「おい」

ドライバーの君原がやって来る。

藍は下田のTホテルのロビーに座っていた。

「もう済んだんだろ?」

と、君原は言った。

「ええ」

「じゃ、戻ろう。今出れば、そう遅くならずに東京《とうきょう》に着けるぜ」

「そうね……」

「何かあったのか？」

と、君原は隣に座ると、「もしかして――例のやつかい？」

藍はため息をついて、

「まあね」

と言った。「あの美沙子さんに頼まれちゃったの。あなた、一人で帰って」

「それはいいけど……。泊るのか？」

「私の部屋も取ってあるのよ」

「そいつは手回しがいいな」

と、君原は苦笑して、「帰りはどうするんだ？」

「この週末はこのホテルで過すらしいわ。週明けに迎えに来てくれって」

「バスで？　――正式な注文なのか？」

「美沙子さんが、自分で負担するって言ってるわ」

「そうか。じゃ、戻って予約を入れとくよ」

「お願い。――悪いわね」

そこへ、野添ユリがやって来ると、

「一緒にお食事して下さいって」

と、藍に声をかけたが――。「こちらの方は？」

ユリの目は、君原をじっと見つめている。

「あのバスのドライバーですよ。君原っていいます」

「え？　こんな素敵な人だったんだ！」

ユリは君原に見とれて、「じゃ、ぜひ食事、ご一緒に！」

「いや、そんな……」

「会社で禁じられてるんですか？　そんなことないでしょ？　じゃ、いいじゃありませんか！」

「でも、申し訳ないですよ」

と、藍は言ったが、

「レストランに、人数一人追加って言っときます！」

と、ユリはもう駆け出して行ってしまった。

「おい……」

「仕方ないわ。付合って。何なら泊ってく？　あの調子なら、部屋も取ってくれるかもしれないわよ」

と、藍は言った……。

3　炎の記憶

「もったいないわね」

と、ユリが言った。

「しっ！」

と、母の野添幸子がにらむ。「変なこと言わないで」

ユリは「何がもったいない」のか、口に出して言ったわけではないのだが、居合せた人たちには、すぐに通じたのである。

ホテルの中の鉄板焼のコーナー。

ここへ来る前に、黒崎美沙子と、婚約者の皆川健一が互いの家族を含めて顔合せをした。

ユリは初めて皆川という男を見たわけで――。

もったいない、とつい口に出してしまったのだった。

黒崎美沙子は三十とはいえ、ずいぶん若く見える。一方、相手の皆川はというと、三十八歳ということだったが、かなり髪も薄く、いささかしまりがなくなっていて、四十代半ばには見える。

関係者でもないのに同席していた町田藍も、正直、どうして美沙子が皆川との結婚を承諾したのか、ふしぎだった。

父親の黒崎伸也は、もちろん自分が娘にすすめた話なのだから当然だが、満足げだった。

しかし、藍は黒崎が、愛人の東アケミを妻にするのに、早いところ美沙子が嫁に行ってくれた方がありがたいと思っているのだと察していた。

「――や、どうもお待たせして」

皆川健一が、自分の母親を連れてやって来た。きつい感じの母親で、ニコリともしない。

「さあ」

と、黒崎が言った。「まず、乾杯といこう。――シャンパンでいいかな」

「シャンパンもいいけど、早く食べたいわ。私、お腹《なか》ペコペコ」

と言ったのは、東アケミだった。

「ちょっと我慢しろ」

と、黒崎が苦笑した。

大人はシャンパン、ユリはオレンジジュースのグラスを手にして、

「では、美沙子と皆川君の婚約を祝して。——乾杯」

と、黒崎がグラスを上げる。

そして、すぐに鉄板での調理が始まった。

魚介類が先に出て、みんなアッという間に食べてしまう。

メインのステーキは、何しろ人数が多いので、かなりのボリュームの肉の塊《かたまり》が登場して、食欲をそそった。

肉を切り分けて、香りづけのブランデーをかけながら、マッチで火を点ける。

ボッと音をたてて、炎が上った。

「わ、凄い！」

と、ユリが声を上げる。

しかし、藍は一瞬のことだが、その炎が大きく蛇のようにうねるのを見てハッとした。

これまでも同じパフォーマンスを見たことはあるが、火は一瞬で消える。しかし、この炎は——。

それはほんの一、二秒のことで、火は消えた。しかし調理人の方も、いつもと違うことに気付いていて、ちょっと首をかしげていた。

藍はチラッと美沙子の方に目をやった。

美沙子は、固い表情で——いや、むしろ冷たい無表情で、それを眺めていた。

ともかく、肉が取り分けられ、食べ始める。

「——おいしい！」

と、ユリが感激して言った。

「うん、いい肉だ」

と、黒崎が言った。「おい、俺の分も食べていいぞ」

隣のアケミへそう言ったのは、アケミが凄い勢いで肉を食べていたからだった。

「よほどお腹が空いてらしたのね」

と、皮肉っぽい口調で言ったのは、皆川の母親だった。

アケミはムッとした様子でそっちを見ると、食べる手を止めて、ウエイトレスへ、

「ちょっと。赤ワインちょうだい」

と、注文した。

「——それで」

と、専務の須田が気分を変えるように、「式はいつごろのご予定で？」

「さあな」

と、黒崎は笑って、「当人たちで決めるだろう。なあ、美沙子」

「そうね」

と、美沙子は言って、「もし皆川さんが私のことをお気に召して下さったら、だけど」

それを聞いて、皆川が、

「気に入らないなんてこと……。いや、僕にはもったいないような方ですよ」

と言った。

藍は、ユリが小さく、

「分ってんだ」

と呟くのを耳にして笑いをかみ殺した。

「何を言うの」

と、母親は眉をひそめて、「健一はね、そりゃあ会社でも偉い方に可愛《かわい》がられて、特別扱いされているんです。この子の嫁になる人は本当に幸せですよ」

「母さん……。そう大したことじゃないよ」

と、皆川は恥ずかしそうにしている。

美沙子は表情一つ変えず、

「夫婦は相性というものがありますものね。今夜、一緒に寝れば分るでしょう」

と言った。

「――何ですって？」

皆川の母親が顔色を変えた。「そんなはしたないことを！」

「でも、そのために、ここへ来たんでしょう？」

と、美沙子は言って、「ね、お父さん？」

「いや、それは……」

「とんでもない！」

「母さん――」

「息子は私と一緒の部屋です！　そんな――結婚前に、そんなことをするような子ではありません！」

「まあまあ」

と、須田が取りなすように、「ともかく、お二人は互いに気に入っておられるということですな」

ユリは面白そうに話を聞いている。

野添は黙ってワインを飲みながら、食べていた。他の人間のことなど関心がない、という様子だ。

「――さ、デザートにしよう」

と、黒崎が早々に席を立つ。

「まだ肉が……」

と、野添が言いかけたが、妻につつかれ、渋々席を立った。

「席を移して、デザートだ」

と、黒崎が言った。「おい、例のチェリー何とかを頼むぞ」

「かしこまりました」

予《あらかじ》め話が通っているのだろう、デザート席には、すでに準備ができていた。

「小さなフライパンで、クレープを作り、ワインで味をつけます」

と、シェフが説明した。

「オレンジの皮をむいて、長く垂らすやつね」

と、ユリが言った。「一度見たことがあるわ」

藍は、何か気になっていた。

美沙子の様子が、どう見ても普通ではない。

焼け死んだ恋人、宮坂のことを、今も想《おも》い続けているのは明らかなのに、どう見ても魅力的とは思えない皆川と、今夜寝てもいいと言い出す。

何かある。――藍は、シェフが長いフォークに突き刺したオレンジの皮を、ナイフで巧みにむいて行くのを見ていた。

皮は途中で切れることなく、フライパンまで下りて行った。そこへアルコールの強い酒を皮を伝わせて注ぎ、火を点ける。

青白い炎が皮に沿って立ち上る。

「みごとだ」

と、黒崎が肯いて拍手した。

他の者もそれにならって拍手をした。

――おかしい。

藍も、このパフォーマンスは見たことがあるが、アルコールを燃やせば、火はすぐに消えるはずだ。

「おや、これは……」

シェフが戸惑って、「珍しいですね、こんなに火が消えないのは」

次の瞬間、フライパンから烈《はげ》しく炎がふき上げたのだ。

「ワッ！」

シェフの服に火が移った。

「おい！　誰か消せ！」

ユリが悲鳴を上げた。藍は立ち上ると、手もとの水のグラスをつかんで、

「大丈夫です！　じっとして！」

と言うと、水をシェフの服にかけた。

火は消えた。同時に、フライパンの炎もスッと消えてしまった。

「これは……失礼しました！」

レストランの支配人があわててやって来る。

「こんなことは初めてで……」

「誰もけがや火傷はしていませんから」

と、藍は言った。「席を替えて下さい。そして、普通のアイスクリームをデザートに」

「かしこまりました」

藍は一同に向って、

「勝手な口出しをして、申し訳ありません」

と言った。

「いや……。落ちついているね、君は」

と、黒崎が感心したように言った。

「そりゃそうよ」

と、ユリが得意げに、「町田藍さんは、超能力の持主なんだから」

「何の話だ？」

と、野添が言った。

「いえ、大したことでは……」

「でも、さっきの火でもそう。藍さん、何かあるのね、ここは？」

「よく分りませんが……」

と、藍は言葉をにごして、「きっと、〈炎〉が問題なのです」

「〈炎〉だって？」

黒崎が不機嫌そうに、「どうってことはない！　こんなこともたまにはある。さ、席を替えてデザートにしよう！」

と、有無を言わせない口調で言った。

4　再会

「冗談だったのに……」

と、君原が言った。「この酒もタダなのか？」

「いいじゃないの、いただいとけば」

と、藍は言った。

二人はホテルの中のバーに入っていた。

食事の後、君原はバスを運転して帰るつもりでいたのだが、

「面倒だ。泊ってくかな。バスも休みたがってるし」

と、ユリに冗談を言ったら、それを聞いた美沙子がさっさと部屋を取ってくれたのである。

「バスが戻らないと、みんな心配するわ。連絡しといてね」

「さっきメールしたよ」

と、藍は苦笑した。

「何だ。じゃ、安心して飲んで」

「しかし――本当は何かあるんだろ？」

「え？」

「あの炎さ。あれはただごとじゃなかったぜ」

藍はため息をついて、

「どうも、今夜は眠れないかも……」

と言った。

すると、

「何が起るの？」

と、声が割り込んで来た。

藍はびっくりして、

「真由美《まゆみ》ちゃん！　何してるの、こんな所で？」

〈すずめバス〉の常連、女子高校生の遠藤《えんどう》真由美が立っていたのである。

「旅行よ、ただの。――ここで藍さんに会うなんてね！　やっぱり、私たち特別の縁があるんだわ」

「そんな……。仕方ないわね。何か飲む？」

「じゃ、ウイスキー」

「こら！　未成年でしょ」

「へへ。オレンジジュース！」

と、注文しておいて、「ね、どういう話？　聞かせて」

仕方ない。——藍はさっきの出来事から始まって、三年前の火事のことも説明した。

「へえ。——じゃ、美沙子さんって、その皆川健一と寝てるの？」

「まさか。母親がしっかり見張ってるわよ」

「どうかなあ」

と、真由美がわざとらしく首をかしげる。

「何よ？」

「それらしい母親と息子を、さっきここで見たわ」

「さっき？」

「うちの家族でここに来たのよ。そのとき、後から二人で入って来た。確か『健一』って呼んでたわ」

「それで……」

「私、見ちゃった」

「何を？」

「母親がトイレに行くって、バーを出てったの。そしたら息子がね、ポケットから薬らしいものを取り出して、母親のグラスに入れてた」

「本当に？」

「私、目はいいの。知ってるでしょ」

「まあね……」

「母親は戻って来て、グラスを空けると、眠そうにして、『部屋に戻ろう』って……」

「睡眠薬ね、たぶん」

「ね？　私の観察眼も捨てたもんじゃないでしょ？」

と、真由美は得意げである。

「それって、いつごろ？」

「ええと……。三十分くらい前かな」

ということは……。

皆川は、母親があぁ言い出すことを分っていたのだろう。それで眠り薬を用意していた。

「――大変だわ」

と、藍は言って立ち上った。

「どこへ行くの？」

「美沙子さんの部屋。一人で泊ってるから」

「そこへ、皆川って人が――」

「行ったら危いような気がする」

「どうして？」

「ともかく、行ってみましょう」

藍は君原へ、「一緒に来てくれる？」

と訊いた。

「ああ、いいよ。ちっとは酔いがさめるかもしれないな」

三人はバーを出た。


「このフロアの奥だわ」

エレベーターを降りて、藍は急ぎ足で廊下を進んで行った。

そのとき、ドアの一つが突然開いて、

「助けてくれ！」

と、転《ころ》がり出て来たのは、裸の男――皆川だった。

「どうしたんですか？」

と、藍が駆け寄ると、

「焼け死んじまう！　中が――火事なんだ！」

と、皆川は震える声で言って、「俺は――ごめんだ！　あんな女、冗談じゃない！」

あわてて立ち上ると、裸のまま廊下を走って行ってしまった。

「ひどいわ」

と、真由美が呆《あき》れたように言った。

藍は開いたドアから中へ入って行った。

「――美沙子さん」

それはふしぎな光景だった。

ダブルベッドが炎に包まれていた。

しかし、燃えているわけではなかった。

「――どうしたの？」

と、真由美が覗《のぞ》いて目を丸くする。

「これは本物の炎じゃないの。幻のようなものよ」

炎を通して、ベッドにいる美沙子が見えた。そして、もう一つの人影が――。

「あれは？」

「亡くなった、宮坂さんでしょう」

と、藍は言って、ベッドへと近付いて行った。

「藍さん！　危い！」

「大丈夫。でも、私以外の人は近寄らないで」

廊下での騒ぎを聞きつけて、黒崎がアケミと一緒にやって来た。

「こりゃどうだ！」

「黒崎さん」

と、藍は振り向いて、「入って来てはいけません」

「美沙子は……」

「美沙子さんは今、恋人と会っています」

「恋人？」

「宮坂さんです」

「馬鹿な！」

「炎の中だけで、会うことができるんですよ。美沙子さんは、それほど宮坂さんを愛しているんです」

美沙子は炎の中からゆっくりと顔を向けて、

「お父さん……」

と言った。「私は彼の所へ行くわ」

「美沙子――」

「命は惜しくない。私も三年前に死んでいたのよ」

「やめてくれ！　宮坂。そこにいるのか？　娘を連れて行かないでくれ！」

「お父さん。――もう遅いわ」

と、美沙子は言った。

「待って下さい」

と、藍は言った。「止めはしません。でも、もう一度、生きようとは思いませんか？　亡くなった人のためにも」

「ありがとう。あなたはいい方ね」

と、美沙子は言った。「でも、彼が待ってる。――これでいいの」

「美沙子！」

黒崎が入って来ると、「悪かった！　宮坂を死なせたのは俺だ。俺に仕返ししてくれ！」

「お父さん……」

藍は黒崎を止めると、

「美沙子さんに任せましょう」

「しかし──」

「もう子供じゃありません。ご自分で決めますよ」

すると、ベッドを包んでいた炎が少しずつ薄らいで来た。

そして──今度は本当の火がベッドに広がったのだ。警報が鳴り響いた。

「キャッ！」

美沙子が投げ出されるように、ベッドから飛び出して来て、床に転った。「──宮坂さん！」

「美沙子さん」

藍は、美沙子を抱き止めた。「彼があなたを戻したんですよ」

「ああ……」

ベッドはたちまち燃え上り、そしてスプリンクラーから水が降り注いだ。

白い煙がたちこめて、その向うにぼんやりと男の姿が浮んだ。

「宮坂さん……」

美沙子は手を伸《の》して、「もう……会えないのね」

火が消えると、もうそこには誰もいなかった。

「美沙子！」

と、黒崎は駆け寄ったが、美沙子は突き放すようにして、

「お父さん。——私は新しい生活を始める」

「お前……」

「私は彼の分まで生きなきゃならない。——私のことは忘れて」

美沙子は別人のように冷静に、きっぱりと言って、部屋を出て行った……。

いつの間にか、野添たちや須田もやって来ていた。

「社長……」

「須田」

と、黒崎は言った。「行き場のない老人たちのためのホームを建てるぞ。〈宮坂ホーム〉と名を付けて」

「は……」

「すぐに土地選びにかかれ」

「分りました」

——藍は息をつくと、

「真由美ちゃん、大丈夫？」

「うん。すごいもの見たね」

「愛の力って、大したもんでしょ？」

「藍さんも、あんな恋、したことある？」

藍はちょっと澄まして、

「まだこれからよ。私は若いんだから」

と言うと、真由美の肩を叩いた。

救命ボートの隙間

1　漂流

そのボートは、もう一昼夜、海を漂っていた。

昼間は、容赦なく照りつける太陽に焼かれ、夜はじっとりと肌にまとわりつくような蒸し暑さに喘《あえ》ぐ。

口をきく者とてなかった。誰もがぐったりとボートのへりにもたれて、半分眠っているような薄目を開けている。

一人が、手を伸《の》ばして生ぬるい海水をかき回すと、

「皮肉だな」

と、呟《つぶや》くように言った。「こんなに水があるのに、飲めないんだ」

誰も、その言葉に反応しなかった。

——昭和二十年六月。

南方の民間人や傷病兵を乗せた病院船は、赤十字の印をつけていたにもかかわらず、アメリカ軍の潜水艦の魚雷を受けて沈没した。

それは一瞬のことで、避難する間さえなく、船は沈んだ。わずかに、この一隻の救命ボートだけが、生き延びた何人かを乗せて波間を漂っていたのである。

小さなボートには十数人が乗っていて、そのほとんどは兵士だった。

ただ一人――赤ん坊を抱いた母親を除いては。

若い母親は、赤ん坊を日差しから守ろうと、乳房が見えるのも構わず、破れたブラウスで、我が子を包むようにしていた。

誰もが、声を出す元気も残っていない中、赤ん坊が時折力のない声で泣いた。

すると、

「うるさい！」

と、ボートの先端に座った将校が苛々《いらいら》と、「黙らせろ！」

と怒鳴った。

「すみません」

母親はかすれた声で言うと、赤ん坊に乳首をふくませた。しかし、やせ衰えた体で乳は出ない。赤ん坊の方も、強く吸うほどの元気は残っていないようだった。

兵士の一人が、

「少尉殿」

と、這《は》うようにして、「水を……一口飲ませて下さい」

誰もが渇いていた。このボートの中にある水は、わずかに水筒一つの中、それもせいぜい四分の一程度しか入っていなかった。

その水筒は、上官である少尉の手元にある。

「辛抱しろ！」

と、少尉は言った。「それぐらい我慢できなくて、帝国の兵士か！」

「はあ……。せめて唇を湿らすだけでも……」

少尉はちょっと顔をしかめたが、自分はついさっきも一口飲んでいたので、さすがにそれ以上は言えず、

「──よし。みんな一口ずつだ。いいな！　一口だぞ」

兵士たちが、その言葉に一斉に動いたので、ボートが揺れた。

「動くな！」

と言ったのは、目つきの鋭い兵士で、「このボートはぎりぎり一杯乗っている。簡単に転覆するぞ。──そのままじっと座っていろ。水筒を回す」

少尉が渋々という様子で、一番近くの兵士へ水筒を渡した。震える手で水筒を持ち、ゴクリと一口飲み込むと、隣の兵士へ。

「おい、飲んじまうなよ」

「残しとけよ」

と、切実な声が上る。

兵士から兵士へと水筒が回る。——あの目つきの鋭い兵士は、

「俺は最後でいい」

と、赤ん坊を抱いた母親へ水筒を差し出した。

母親が震える手で水筒を受け取ろうとすると、少尉が、

「女には飲ませるな！」

と怒鳴った。

女が愕然《がくぜん》として少尉を見る。

「兵士は生き延びて戦わねばならんのだ。女や赤ん坊は戦えん」

目つきの鋭い兵士が、

「少尉殿」

「何だ、伍長《ごちょう》」

「私は飲まなくても大丈夫です。私の分をこの女に飲ませてもよろしいでしょうか」

少尉は伍長をジロリとにらんだが、

「好きにしろ」

と、鼻を鳴らした。

女は一口飲んで、水筒を伍長へ戻すと、深々と頭を下げ、それから赤ん坊の口へと水

を注いだ。水は飲んだのでなく、口に含んだだけだったのだ。

そのとき、波が来て、ボートが大きく揺れた。みんなあわててボートのへりにつかまる。

「海が荒れて来た」

と、伍長が言った。「みんなしっかりつかまっていろ」

少尉が水筒から一口飲むと、

「――おい、女！」

と言った。

「はい」

「このボートは大きな波が来れば引っくり返る。一人でも少ない方がいい。言った通り、我々は天皇陛下の軍人だ。戦わねばならん。しかるに、お前と赤ん坊は何の役にも立たん。分るか」

「はい……」

「お前たちはボートから降りろ」

誰も口を開かなかった。あの伍長が、少しして、

「少尉殿。赤ん坊も将来の勇士です。ここで死なせては――」

「馬鹿を言うな。そんなに長く待っていられるか。俺たちは今、戦うのだ」

「しかし――」

「分りました」

と、母親が言った。「どうか……お国のために……。お世話になりました」

母親の言葉にも顔にも、表情がなかった。

赤ん坊を抱いて、母親は海の方へと向いた。

「待て」

と、伍長が言った。

「どうして止める！」

と、少尉が伍長をにらんだ。

すると、伍長が拳銃を抜いた。兵士たちが顔を見合せる。

「溺《おぼ》れて死ぬのは苦しいだろう」

と、伍長が言った。

「はい……。ありがとうございます」

と、母親は言った。「ただ――お願いです。私を先に撃って下さい。この子の死ぬところを見たくありません」

伍長は肯《うなず》いて、

「分った」

と言うと、「目をつぶっていろ」

母親はわが子をきつく抱きしめて、固く目を閉じた。

そして——銃声が耳を打った。

しかし、母親は生きていた。当惑して目を開けると、伍長の銃は、ボートの先端へ向いていた。

少尉が、胸の辺りを血に染めてぐったりと倒れた。

「——何てことを」

と、兵士の一人が、かすれた声で言った。

「責任は俺が取る」

と、伍長が言った。「俺たちは、こういう母親と幼な子を守るために戦っているのだ。先に死ねとはとんでもない！」

「ですが……」

「おい、少尉殿の亡きがらを海へ落とせ」

と、伍長が命じた。「二人分、軽くなる。早くしろ」

傍《そば》にいた兵士が、二人がかりで少尉の死体を海へ落とした。ボートが揺れる。

「どうして……」

やっと、母親が言った。

「どうしても死ななければならんのなら、我々兵士が先に死ぬ。お前は何としても生き残れ」

と、伍長が母親に言った。「いいな。たとえ一人——いや、赤ん坊と二人きりになっても、生きて、日本の将来を担ってくれ」

「伍長さん……」

「俺たちにはもう未来はない。日本はもうすぐ負ける。誰だって分っているのだ。そうだろう」

伍長は兵士たちを見回した。——みんな目を伏せている。

「病院船には、病人とけが人しか乗せてはいけないことになっている。だからこそ、赤十字の印を付けて、攻撃されないようにしている。しかし、軍は我々のような無傷の兵士を乗せ、武器まで積み込んでいた。だが、そんなことはアメリカ軍はとっくに承知だ。だから沈められた。——国際的な取り決めを破った軍部の責任だ」

伍長はそう言って、「そのせいで、大勢の病人、負傷兵が死んだ。生き残ったお前と赤ん坊は、その分まで生きてくれ」

伍長の口もとに笑みが浮んだ。

「赤ん坊は男か？」

「いえ、女の子です」

「それは良かった」

と、伍長は言った。「戦場に行かずにすむだろう。その子の名前は何というのだ？」

「薫《かおる》です。——小森《こもり》薫」

と、母親は言った。

2　挙式

披露宴会場に、ウェディングドレスの花嫁とタキシードの花婿が入って来た。

「まあ、きれい！」

と、あちこちで声が上った。

町田藍《まちだあい》も、声こそ上げなかったが、力をこめて拍手をした。

すぐ近くのテーブルに、白髪の老婦人が静かに微笑《ほほえ》んでいた。

花嫁、小森由衣《ゆい》の祖母、小森薫である。七十を少し過ぎたところだろうが、上品で知的な顔立ちをしていた。

〈すずめバス〉のバスガイド、町田藍は、仕事で小森薫に世話になったのである。

盛大な拍手の中、新郎新婦が正面の席についた。

谷本啓二《たにもとけいじ》、二十八歳と、小森由衣、二十四歳の結婚披露宴が始まった。

型通りの挨拶や祝辞が終ると、食事になり、花嫁はお色直しのために退席した。

藍は、同じテーブルにも知り合いがいないので、あまり会話には加わらず、黙々と食べていた。

「――町田さん」

気が付くと、花嫁の祖母、小森薫が傍に来ていた。

「あ、今日はお招きいただいて――」

と、藍が言いかけると、

「ごめんなさい。ちょっとお話ししてもいいかしら」

席についたままでは話しにくいのだろう、と察した藍は、席を立って、小森薫と一緒に披露宴会場から出た。

ホテルの宴会場は、結婚式場と違って、そう詰め込んでいないので、ロビーは静かだった。

「今日は来ていただいて嬉《うれ》しいわ」

と、小森薫は言った。

「由衣さん、とてもきれいですね。花婿さんも、とてもハンサムで」

「そうねえ。今どき二十四で結婚って、少し早いようでもあるけど、まあ当人同士がそれで良ければね」

由衣の父、つまり薫の息子は小森有一《ゆういち》といって、五十歳。仕事でニューヨークに住んでいると聞いていた。

しかし、何といっても一人娘の結婚式だ。当然今日は出席していると思っていたのだが……。

「町田さん」

と、薫は言った。「あなたに会ってほしい人がいるの」

「はあ……」

薫について行くと、〈小森家控室〉とある小部屋に入って行く。

そこに、看護師らしい女性に付き添われた車椅子の老婦人がいた。

「町田さん。――母ですの」

薫の母親。――藍は、話にも聞いたことがなかった。

「小森克子《かつこ》といいます。九十二歳です」

と、薫が言って、藍のことを紹介した。

具合が悪いのかもしれないが、そんな気配は見せずに、

「薫からお話は伺っています」

と、しっかりした口調で、「とても優秀なバスガイドさんでいらっしゃる」

「いえ、恐縮です」

「そして、特別な、普通の人にはない力を持っていらっしゃるとか」

藍は、やはりそうだったのか、と思った。

なぜ自分がこの披露宴に招《よ》ばれたのか、ふしぎだったのである。

「町田さん」

と、薫は言った。「誤解しないで下さい。私は、本当に孫娘の花嫁姿を見ていただきたくて、あなたをお招きしたんです」

「はあ。でも……」

「母が、あなたのことを誰かから聞いて、ぜひお話ししたいと言ったのは、その後です」

「申し訳ありません」

と、小森克子は言った。

「いえ、謝っていただくようなことでは……」

と、藍は言った。「でも、私に何かお役に立てることが？」

「何もなければいいのですが」

と、克子は言った。「手短かに申し上げます。由衣の身に何か起きないように、守ってほしいのです」

「由衣さんに？　――何かありそうなのですか」

藍が訊《き》くと、すこし間《ま》を置いて、克子は言った。

「幽霊が仕返しに来るかもしれないのです」

藍が披露宴の席に戻ると、進んでいるコース料理の皿が二つ並んでいた。

正面の席には、まだ花嫁は戻っていなかった。——花婿の方も着替えるらしく、もう少しすると退席するらしい。

今はまだ、友人らしい男たちが何人かやって来て話している。

しかし、ドラマチックな話だ。

藍は、小森克子が今から七十年余り前に経験した出来事を聞かされて、正直、興奮した。むろん、感激という意味での興奮だ。

漂流する救命ボートの中での、極限状態の人間ドラマだ。

そのとき、乳呑《ちの》み子を抱いていたのが小森克子。力なく乳首を吸っていたのが、薫だったのだ。

薫の父親は、当時すでに戦死していて、二人は結婚の約束はしていたものの、克子は未婚のまま薫を産んだのだった。

そしてその出来事の後、ほぼ半日後にボートはアメリカ軍の船に発見され、救助された。アメリカ軍は、克子と薫には特に優しくしてくれて、おかげで弱っていた薫も生き延びることができた。

　ボートでの「殺人」について、乗り合せた兵士たちはついに口にしなかったという。

　克子は、その後、あの伍長や兵士たちに会うことなく、敗戦を迎え、日本に帰った。

　ただ、伍長の名が、加賀広介《かがこうすけ》といったこと。そして、加賀伍長に射殺された少尉が、谷本修《おさむ》という名だと知った。

　むろん、戦後の暮しは大変で、克子もあの出来事を忘れはしなかったが、思い出す余裕もなかったのである。

　薫は二十歳《はたち》で結婚、有一を産んだが、数年で離婚。「小森」姓に戻って有一を育てた。

　そして、有一が結婚して由衣が産まれた……。

　もう遠い過去のこと。――克子は、あの救命ボートのことを、そう考えていた。

　命の恩人と言うべき加賀伍長に、改めて礼を言いたいと思って捜したが、それは薫が結婚した後のことで、やっと消息が知れたときは、すでに加賀広介は亡くなっていた。

　そして……すべてを忘れかけていたのだったが……。

　由衣の恋人が「谷本」という姓と知ったときも、克子は特に何とも思わなかった。

　しかし、由衣が、彼を連れて来て、

「克子おばあちゃん。私が結婚する谷本啓二さん」

と紹介したとき、克子は心臓が止るかと思った。

その青年の顔は、あのボートで克子に「死ね」と命じた少尉とそっくりだったのである。

もうおぼろげにさえ憶《おぼ》えていなかった顔が、一気に鮮明に思い出された。

もちろん、克子は由衣にそのことは言わなかった。

薫には、ボートでの出来事を話してあったが、しかしまさかあの谷本少尉のひ孫と由衣が結婚するとは……。

むろん、それは遠い過去のことだ。

だが……。

「実は、由衣には言ってないのですが」

と、薫が言った。「有一はニューヨークで入院しているのです。仕事で来られないことにしてありますが。――有一はニューヨークで、撃たれたのです」

もちろん、銃で撃たれる事件が少なくないニューヨークだ。それが、七十年も前の出来事のせいだとは考えられない。

しかし、克子は、

「夢を見たのです」

と言った。「撃たれて死んだはずの少尉が、ボートへ這い上って来る夢を。――恐ろしかった！」

といって、藍に何ができようか？

花婿が席を立って、会場を出て行く。

若い二人にとって、昔の悪夢など……。

だがそのとき、ロビーで何か弾《はじ》けるような音がして、悲鳴が上った。

銃声だ！

藍は急いで立ち上ると、ロビーへと駆け出した。

「馬鹿！　びっくりさせるな！」

と、怒る声。

そして笑い声が起った。——ロビーに鳴り響いたのは銃声でなく、少し酔った客が鳴らしたクラッカーだったのだ。

町田藍はホッと胸をなで下ろした。

いくら何でも、七十年以上前の幽霊が、こんな所までやって来るとは思えないが……。

披露宴会場へ戻ろうとした藍は、出て来た薫と会った。

「由衣のお色直しがすんだようで」

と、薫は言った。

「じゃ、ご一緒に」

「ええ、ぜひどうぞ」

藍は、薫と一緒に仕度部屋へと向った。

由衣の母親は、由衣が十歳のとき、事故で亡くなっていて、薫は由衣の祖母と母を兼ねたような存在だった。

「母の話で、びっくりされたでしょう」

と、薫は言った。

「いいえ。感動的なお話です。加賀さんという伍長さんの行為は立派ですわ」

「ええ。そのとき、私が母と一緒に海に沈んでいたら、由衣もこの世にいなかったのですものね」

と、薫は言った。

部屋の中には、真紅のドレスに身を包んだ由衣がいた。

「まあ……。美しいわよ」

と、薫は言った。

「ありがとう」

と、由衣は言った。「啓二さんが、まだ着替えてないから、少し時間があるの。克子おばあちゃんに見てもらいたいけど、いい？」

「ええ、ぜひ見せてあげて」

薫は少し涙ぐんでいた。

由衣は式場の係の女性に、

「じゃ、ちょっと行って来ます」

と、声をかけた。

「はい、どうぞ」

和服姿の女性はていねいに言ったが――。藍はふとその口調が気になった。

今日、初めて覚える感覚だ。こんな所で、なぜ?

ともかく、藍は由衣と薫について廊下へ出た。

小森克子がいるのは、並びの部屋だ。

薫がドアを開けて、

「お母さん……」

と言った。「由衣がお色直しを――」

言葉を切った。藍は先に中へ入って、

「入らないで!」

と、薫たちを止めた。

克子の車椅子が倒れて、しかも頑丈なはずの車輪がねじ曲げられている。克子の姿はなかった。そして、看護師がそのそばに倒れている。

「まあ……。何が?」

薫が息を呑む。

「分りません。動かないで下さい」

藍は看護師へと駆け寄った。気を失っているだけで、揺さぶると目を覚ました。

「あ……。克子さんは……」

「どうしたんです？　何があったんですか？」

と、藍が訊くと、看護師は胸に手を当てて、

「何が何だか……。花婿さんが入って来られたんです」

「啓二さんが？」

と、由衣がびっくりして、「お色直しをしてるんじゃ……」

「それが……軍服を着てらしたんです」

「軍服ですって？」

「それも、昔の兵隊さんのような。そして入って来るなり、『お前たちは海へ入れ！』とおっしゃって」

「海へ？」

「そう聞こえました。私が克子さんの前に立ちはだかると、いきなり殴られて……。気を失ってしまったんです」

「海へ……」

薫が青ざめていた。「やはり、七十年前の幽霊が……」

「克子おばあちゃんは？　どこへ行ったの？　啓二さんがどうしてそんなこと……」

由衣がよろけて薫につかまる。

「おかしいですよ」

と、藍は言った。「幽霊が出たにしては、そんな気配が残っていません。ともかく、克子さんを捜さなくては」

藍は一瞬考え込んだ。

克子をどこかへ連れ去るとしても、車椅子に乗せている方が楽なはずだ。それをなぜわざわざ車椅子を壊したのか。

「ともかく、由衣、あなたは仕度部屋に戻ってなさい」

と、薫は言った。「私と町田さんで、お母さんを捜すわ」

「どういうことなの？」

「由衣……。これはずっと昔の話なの。戦争中の」

と、薫は言って、「今話している時間はないわ。ともかく隣の部屋へ」

「救命ボートの出来事ね」

と、由衣が言った。

「由衣！　知ってるの？」

「克子おばあちゃんが話してくれた。私が結婚すると決めたときに」

「じゃあ――」

「どうして啓二さんがそんなことを？」

「それは――啓二君が、そのときボートで射殺された少尉のひ孫だからよ」

「まあ……」

由衣も、それは聞いていなかったのだろう、愕然とした。「でもどうして今ごろ……」

「ご当人のせいじゃないでしょう」

と、藍は言った。「きっと何かに操られているんです。今は克子さんを見付けるのが先決です」

薫が由衣を元の部屋へと連れ戻して、

「ここにいて。いいわね」

「うん……。大丈夫？」

「町田さんがきっと……」

薫は由衣の手を握って言った。

薫が廊下へ出ると、藍は黙って、というように唇に指を当てた。

そして薫を廊下の奥へと連れて行った。

「町田さん……」

「薫さん、これはただの幽霊の仕返しではありません。今の人間が企《たくら》んだ事件だと思います」

「どういうことですか?」

「もちろん、きっかけは七十年前の救命ボートでしょう」

と、藍は言った。「その出来事を、誰かが知っていたんです」

3　水の恨み

「何があったんですか?」

ロビーにやって来たのは、新郎の谷本啓二の母親だった。

ホテルのロビーは、他の披露宴の客などが出てきて、にぎやかである。

谷本早苗《さなえ》は、苛立《いらだ》っている様子で、

「啓二がいなくなったと式場の人が……。あの子はどこにいるんですか?」

「谷本さん」

と、薫が言った。「妙なことが起って。今、披露宴のお客様たちには、由衣が貧血を起して休んでいるので、少しお待ち下さいとお伝えしてあります」

花嫁が緊張や慣れない衣裳《いしょう》で、貧血を起すことは珍しくない。

「啓二はどうしたんです？」

「一つ教えて下さい」

と、藍が言った。「最近、息子さんを訪ねて来た人たちがいませんでしたか？　軍人上りのような」

谷本早苗は、一瞬ギクッとしたようだった。心当りがあるのだ。

「そんなことが、何か関係あるんですか」

「教えて下さい。啓二さんのためです」

藍がじっと見つめると、谷本早苗は目をそらして、

「一週間くらい前に……。男の人たちが三人、啓二に会いたいと言って。――一人はとてもお高齢《とし》で、もう九十を超えておいでとのことでした」

「九十……。では、もしかしたらあのボートに乗っていた人かもしれませんね」

と、薫は言った。

「ボート。――そんな言葉が聞こえていました」

と、早苗は言った。「その人たちは、啓二に大切な男だけの話がある、と言って、私にも居間へ入って来るなと言いました。命令口調で、怖いようでしたわ」

「それで？」

「気になって、話を立ち聞こうとしましたが、聞こえなくて。ただ、〈救命ボート〉と

いう言葉が聞こえました」

と、早苗は言った。「三人が帰った後、啓二の様子が何だか変でした。突然軍歌のCDを買って来て、大音量でかけてみたり、亡くなった私の祖父の写真を取り出して、じっと見つめていたりして……」

「谷本修さんですね」

「ええ。病院船に乗っていて、撃沈され、亡くなったんです。少尉だったと思います」

「その三人の男ですが、高齢の人以外の二人は？」

「私には名のりませんでした。四十前後でしょうか。口のきき方で、自衛隊の人かしらと思いましたが」

「服装は——」

「普通のサラリーマン風でした」

「何か置いて行きませんでしたか。軍服のような物を」

藍の言葉に、早苗はハッとした様子で、

「どうしてご存知？」

「今、啓二さんはその兵隊の姿でいるようですよ」

「あの子が？　どうしてです？」

「谷本さん。これは由衣とも啓二さんとも関係のない話です」

と、薫が言った。

薫が、七十年以上前の救命ボートでの出来事を手短かに話して聞かせた。早苗は呆然《ぼうぜん》として、

「まあ……。そんな偶然が……」

「おそらく、啓二さんを訪ねて来た三人の中の九十過ぎという人は、そのとき、救命ボートに乗っていた人でしょう」

と、藍は言った。「何かの偶然で、啓二さんの結婚相手が、小森克子さんのひ孫と知ったんです。救命ボートでの出来事を啓二さんに話しに来たんでしょう」

「じゃ、啓二が祖父の仕返しを?」

「それは分りません。本人がそうしたいと思ったのか、それとも何かの暗示にかかっておいでか。――ともかく、克子さんに『海へ入れ』と言ったというのは……」

「何てことでしょう」

と、早苗は首を振って、「祖父は部下に撃たれて死んだんですね」

そのとき、ロビーで何か騒ぎが起った。

「――どうしたんでしょう?」

薫が不安げに立ち上った。

藍は、人だかりへと駆けて行くと、人をかき分けた。

床に倒れているのは、九十を過ぎていると思える老人で、胸が苦しいらしく、喘ぐように息をしている。

「この人だわ」

と、後から来た早苗が言った。「啓二を訪ねて来た人です」

「そうですか」

藍は、その老人の方へ身をかがめると、「克子さんはどこです！　あのときの母親は？」

と、耳もとで訊いた。

老人が目を開けると、

「死ぬのは……女だった……。女が……死ぬべきだった……」

と、かすれた声で言った。

「何を言ってるんです！」

と、藍は厳しい口調で、「あなただって、女から産まれて来たんでしょう。女が命がけで産んだんですよ、あなたを！」

「戦争……だったんだ……」

「今、克子さんは？　何をしたんですか？」

と、問いかけたが、老人は聞こえているのかどうか、ただ、

「水……」

と呟いて、意識を失ったようだった。

「母は……」

と、薫が言った。

「『水』と言っていました」

藍は立ち上って、「水……。ここ、ホテルですね」

駆けつけて来たホテルのフロント係をつかまえると、藍は、

「このホテルにプールは？」

と訊いた。

「は？」

「プール、ありますか？」

「ええ、内庭に。でも、この時期は入れませんよ。屋外ですから」

「どう行くんです？」

「その廊下の奥から出れば……」

藍は、指さした先の廊下へと駆け出したのだった。

〈プール〉という矢印がある。

藍はその先の〈立入禁止〉の立札が倒れているのを見た。

重いスチールの両開きの扉を力を込めて開けると、風が吹きつけて来た。

〈更衣室〉〈シャワー〉といったプレートのあるドアが並んでいる。

その先が明るくなっていた。

外へ出ると、プールだった。

まだ閉めて間もないのだろう。水を抜いていない。

そして——その真中《まんなか》に、ビニールの浮輪が浮んでいた。誰もいない。

藍はプールの中を、目をこらして見た。人影が揺れている。

藍は靴を脱ぎ捨てると、プールへと身を躍らせた。

プールの底に沈んでいるのは、克子だった。

藍は潜って、克子の腕をつかんだ。

もちろん、子供も入るプールだから、深さはない。立てば顔が出るくらいだった。

克子の顔を水面から出させると、

「克子さん！」

と、大声で呼んだ。「しっかりして！」

プールから上ろうとすると、誰かがそこに立って見下ろしていた。兵士の服装をしている。

「——啓二さんね」

と、藍は言った。「克子さんをプールへ沈めたのね！」

「七十年前に、沈んでるべきだったんだ」

と、啓二は言った。

「馬鹿を言わないで！」

そのとき、薫がプールの方へ駆けて来た。

「薫さん！　克子さんを引き上げて！」

と、藍は叫んだ。

「だめだ！」

啓二が薫の方を向く。藍はプールの中から啓二の足首をつかむと、思い切り引張った。

「わっ！」

啓二がプールの中に落ちる。薫が駆けて来て、藍と二人で克子を引き上げた。

「私が水を吐かせてみます」

と、薫が言った。「若いころ水泳のコーチをやっていましたから。——まだ脈があります」

藍はプールの方へ目をやった。啓二が上って来たら殴ってやろうと拳《こぶし》を固める。

ところが——啓二はバタバタと手足で水を打って、

「助けて！」

と叫んだのである。「僕、泳げないんだ！　誰か！」

藍は呆《あき》れてしまった。立てば、ちゃんと顔が出るほど浅いのに。

そのとき、背広姿の男が一人、やって来た。その雰囲気で、藍は啓二を訪ねた男たちの一人だろうと思った。

男は上着の下から拳銃を抜いた。藍は思わず薫たちをかばって立ったが、男の方は啓二が必死で水をかいて、

「溺れるよ！　助けて！」

と、悲鳴を上げているのを見て、顔を真赤《まつか》にすると、

「何て奴《やつ》だ！　情ない！　それが帝国軍人か！」

と言うなり、拳銃を啓二に向けた。

藍は男に向って突進した。頭を低くして、闘牛よろしく男の腹へぶつかると、男は後ろへ吹っ飛んで、コンクリートに頭を打ちつけ、気絶してしまった。

「お母さん！　水を吐いたわ！」

薫が言った。克子が水を吐いて咳込《せきこ》んでいる。

「良かった！」

藍は安堵《あんど》したが……。

男たちは三人いた。あのロビーの老人と、この一人。もう一人いるはずだ。

ずぶ濡《ぬ》れのまま立ち上った藍は、ハッと息を呑んだ。

「由衣さんが――」

由衣を残して来たあの部屋にいた和服の女……。どこかおかしいと思ったのだが。

あれは男だ！

由衣が危い！

藍は駆け出した。

何しろずぶ濡れで靴もはかず、ロビーを駆け抜けるのだから、居合せた人々はみんな目を丸くしている。

仕度部屋のあるフロアへ、ロビーから階段を駆け上ろうとしたとき、銃声が響いた。

一瞬、足を止めて、藍は青ざめた。遅かったか！

しかし、階段を駆け上ったところで、廊下をドレス姿で逃げて来る由衣を見た。

「由衣さん！」

「あの女が――男だったの！」

由衣は左腕から血を流していた。藍は由衣を後ろにかばった。

和服姿の女――いや、男が拳銃を手にやって来た。

「何をするの！」

と、藍は男をにらみつけた。「七十年前の出来事でも、あれは正しかったのよ！」

「許せん！　上官の命を奪うとは、陛下への反逆だ！」

藍は由衣へ、

「早く逃げて！　ここは私が」

「でも、あなたが──」

「大丈夫。あんな男、人を殺す度胸なんてあるもんですか」

「啓二さんは──」

「プールで溺れてるわ」

「え？」

男は銃口を藍へ向けると、

「どかないと撃つぞ！　その女に七十年前の罪を償《つぐな》わせるのだ！」

と怒鳴った。

そのとき、ホテルの従業員らしい作業服の男が、和服の男の背後にそっと近付いてくるのが見えた。

「あんたの仲間はみんな死んだわよ」

と、藍はでたらめを言った。

「何だと？」

「一緒に救命ボートに乗ってたらしい年寄はロビーで倒れた。もう一人はプールサイドで死んでるわ」

「貴様……」

そのとき、男の背後から、作業服の男が飛びかかった。拳銃が発射され、壁の照明が砕けた。

作業服の男は拳を固めて、和服姿の男を一撃でノックアウトしてしまった。

「――良かった」

藍は息をついた。

勢いで強がって見せたが、もちろん、撃たれたくはなかった。

「由衣さん、傷の手当を！」

「あ……大丈夫です。大したことないです」

「僕が医務室へお連れしましょう」

と、作業服の男が言った。

二十七、八というところか、がっしりした体格の男性である。

「お願いします。私は警察を呼んでもらいますから」

と、藍は言った。「それと――着替えないと。ハクション！」

派手にクシャミをした藍だった。

「克子おばあちゃん……」

由衣がしっかり手を握っている。

「大丈夫よ。まだ死なないわ」

救急車に乗せられて行く克子は微笑んでいた。

ドレスを脱いで着替えた由衣は、

「色々ありがとうございました」

と、藍へ礼を言った。

「いいえ。お役に立って良かったわ」

藍はグスグスとはなをすすった。――警察を呼んでもらったり、披露宴の客に説明をしたり、あれこれやっている内に、着替えるのが遅くなったのである。

ロビーに薫が待っていた。

「おばあちゃん……」

「由衣。――とんでもないことになったわね」

薫が由衣の肩を軽く叩《たた》いた。

「ううん。良かったわ、結婚する前に、啓二さんがあんな人だと分って」

啓二に谷本修の死について話をして、仕返しをしろとたきつけた二人の男は、軍国マニアが昂《こう》じて暴力団に入り、拳銃を手に入れていた。そして、たまたまあの救命ボートでの出来事を耳にして、乗っていた二等兵を捜し当てたのだった。

しかし、男たちの話に乗せられた啓二にも元々そういう傾向があったのだろう。

事情を知った啓二の親戚からも、

「上官を撃つなど、とんでもない奴だ！　そんな縁のある女と結婚するな」

という声があった。

しかも、それは三十代の男性だったというのだから……。

「克子おばあちゃん、私がちゃんと結婚するまで生きてるかな」

と、由衣が言った。「それならずっと独りでいるけど」

「あら、あの人……」

藍は、作業服の男が、脚立を抱えてロビーを横切って行くのを目に留めて、声をかけた。

「――もう大丈夫ですか」

と、男が由衣へ訊く。

「ええ。おかげさまで」

「助かりましたわ」

と、藍が言うと、

「とんでもない。ホテル側の対処も遅すぎました。申し訳ありません」

「あなた、このホテルの方？」

「下請けの修理屋です」

と、男は笑って言った。「これから、切れた電球を換えに行くところです」

「ご苦労様。お名前は？」

「僕ですか？　加賀といいます」

藍は思わず薫と顔を見合せた。——救命ボートで克子と薫を救った伍長と同じ名ではないか！

でも、まさか……。

「失礼します」

と、足早に立ち去る後ろ姿を見送って、

「とってもいい人ね」

と、由衣は言った。

墜落する愛情

1 断崖

「やめて！」

女の悲痛な叫びが、強い風を貫いて聞こえて来た。「その子を殺さないで！」

二人の女は激しい意志を持った目で見合っていた。

一人は、断崖のふち、ぎりぎりの所に立っていた。風にあおられて、今にも数十メートル下の岩だらけの海へ落ちてしまいそうだ。

もう一人の女は、赤ん坊を抱えて、数メートル高くなった岩の上に立っていた。

「この子を殺すのなんて簡単よ」

と、スーツ姿の女性は赤ん坊の首に手をかけて、「さあ、どうする？」

「お願い！　その子を助けて！」

その女は、見すぼらしいセーターとスカートで、裸足《はだし》だった。「私の子を……助けて」

「それじゃ、その崖から飛び下りなさい」

と、スーツ姿の女性が言った。

「私が――死ねばいいの？」

「そうよ！　人の夫を奪って、子供まで産んで。その報いを受けるのが当り前よ！」

「でも、その子に罪はないわ。お願い！　その子だけは……」

と、両手をさしのべる。

「いいわ。あんたがそこから飛び下りたら、この子は私が育ててあげる」

「本当に？　約束してくれる？」

「ええ、約束するわ。この子は私の子として、必ず育てる」

「――信じていいのね」

「ええ」

崖っぷちの女は、肩を落とすと、

「それなら……。私が死ねば……」

「くどいわね！」

追い詰められた女は、じっともう一人を見上げて、

「もしあなたが約束を破ったら……。真沙子《まさこ》を不幸にするようなことがあったら……。きっとあなたに仕返しするから」

「真沙子っていうのね。――分ったわ」

と、秋川《あきかわ》のぞみは言った。「あんたがこの世にいることが、私には許せない！　消え

てなくなって！」

「——分ったわ」

三神《みかみ》真里《まり》は肯《うなず》くと、「真沙子を頼むわ」

「ええ」

車の音がした。急ブレーキの音。

「さあ、早く！」

と、のぞみは言った。

「待て！」

男の声がした。

「この子を殺すわよ！」

のぞみが赤ん坊の首に手をかける。

「やめて！」

三神真里はそう叫ぶと、断崖の端に立って海の方を向いた。

「——やめるんだ！」

男の声が風にちぎれた。

次の瞬間、

「真沙子！」

と、ひと声叫んで、三神真里の姿は断崖の向うへ消えた。

「真里！」

秋川伊三郎《いさぶろう》は断崖へと駆け寄った。そして息を弾ませ、

「何てことを……」

と呟《つぶや》いた。

秋川伊三郎は妻ののぞみの方を振り返ると、

「どうしてこんなことに……」

「間違えないで」

と、のぞみは言った。「すべてはあなたのせいよ。あなたがあんな女に溺れて、この子を産ませた」

「のぞみ……」

「あの女は、自分の罪を償うために死んだのよ。この子を私に預けてね」

「その赤ん坊が……」

「真沙子っていうんですって。この子が手に握ってた紙に書いてある。――ほら」

と、夫へ手渡した。

「真里を捜さないと……」

「むだよ。見れば分るでしょ。助かるわけがない」

「しかし――」

「このまま放っておくのよ。どこか遠くへ流されて行くわ、あの女は」

「その子をどうする」

のぞみは腕の中の赤ん坊を揺すった。赤ん坊が、小さく声をたてて笑った。

「笑ってる。――あの女に約束したわ。この子をちゃんと育てるって」

「お前がか」

「あなたと私でよ」

のぞみはそう言って、「私たちの子、真沙子よ」

と、夫の方へ見せると、

「行きましょう。真沙子が風邪引くわ」

車の方へ歩き出す妻を、秋川伊三郎は言葉もなく見送っていた……。

2　ドラマ

「どういうわけ?」

と、遠藤真由美《えんどうまゆみ》は笑いながら言った。

「知らないわ」

と、訊《き》かれた方も苦笑している。「ともかく、シナリオにそう書いてあるんだもの」

「あ、藍《あい》さんだ！　こっち！」

真由美が手を振る。

町田《まちだ》藍がタクシーを降りてやって来た。

「〈すずめバス〉のバスガイド、町田藍さんよ」

と、真由美は紹介した。

「〈幽霊と話のできるバスガイド〉さんですね。秋川真沙子です」

「どうも」

町田藍は、今日はお休みなので私服である。

「真由美の憧れの人なんですよね、町田さんって」

「憧れるのがバスガイドじゃね」

と、藍は苦笑して、「その内、好きな男の子ができたら、私のことなんか、忘れちゃうわよ」

「そんなことない！　藍さんは私の永遠の恋人だもん」

「ちょっと！　真由美ちゃんの恋人になった覚えはないけど」

藍は、吹きつけてくる風に髪をあわてて押えた。「こんな所があるのね、そう遠くないのに」

「今、笑ってたの」

と、真由美は言った。「TVのサスペンス物って、決って犯人の告白は崖の上だね、って」

「いつも、ここ、使うみたいですよ、他のプロダクションでも」

と、真沙子は言った。

秋川真沙子は、真由美の同級生だが、一年前にスカウトされて芸能界に入っていた。

確かに、藍が見ても、どこか寂しげな陰のある美少女で、目をひかれる。

「もう、ずいぶんドラマに出てるの?」

と、藍が訊くと、真由美が代って、

「これがドラマ出演、もう四回目。ね? 連ドラにもレギュラーが決ってるの」

「大した役じゃないわよ」

と、真沙子は照れて言った。

――今、海に面した崖の手前で、ロケの準備が進んでいた。

遠藤真由美は、〈すずめバス〉の常連客である。特に、「幽霊が出る」ツアーとなると見逃さない。

一風変った十七歳である。

「今日はどんな場面なの?」

と、藍が訊いた。

「やっぱり、犯人役の女の人が罪を告白して崖から飛び下りようとするんです。刑事さんがそれを止めて、おしまい」

「あなたは？」

「私は犯人の娘で、飛び下りようとするところに『お願い、お母さん、やめて！』と叫ぶっていうだけ。セリフは三つしかなくて、二人のやりとりを見てればいいの」

と、真沙子は言って、「あ、主演の人たちが来た」

車が停《と》まって、藍もよくＴＶで見る女優と男優が降りて来た。

「安西克代《あんざいかつよ》ね」

「それと、刑事役の林太一《はやしたいち》さんです」

安西克代は今四十代の半ばだろう。二十年前くらいに歌手としてデビューして、ＣＤも売れたが、二、三曲出したところで、パッタリ売れなくなった。

三十を過ぎてから役者に転じて、小さな役でも引き受けてやっている内、四十を過ぎて女優として目立つようになって来た。

「おはようございます」

と、真沙子が挨拶すると、

「おはよう。――こちらは新人さん？」

と、安西克代が藍を見て訊いた。

「いえ、ただの見物人です」

と、藍は首を振って、「いつも拝見しています」

「ありがとう。林さん、セリフを憶《おぼ》えてないんですって。焦ってるわ」

と、克代は笑いをかみ殺した。

林太一は五十歳くらいだろう。長年脇役をつとめて来たが、この数年、「中年の渋いところがいい」と言われるようになり、この手のサスペンス物で主役が回って来ていた。

「以前は、脇役だったから、セリフも少なくてすんだのよね。今はこういう場面で、一人でしゃべらなきゃいけなかったりするから大変。いいこと二つはないわね」

と、克代は言った。

「――じゃ、リハーサル」

と、ベレー帽をかぶった男が声をかけた。

「あれ、ディレクターの中沢《なかざわ》さん」

と、真沙子が言った。「じゃ、行って来ます」

藍と真由美が見ていると、ディレクターが三人の立つ場所を指示して、リハーサルが始まった。

林がやはりセリフを間違えたりして止ってしまうので、台本を手に持って読みながら、

になった。

「――でも、あの真沙子ちゃんって、目立つわね」

と、藍は言った。「光ってるわ。この仕事に向いてるんじゃない？」

「私もそう思う」

と、真由美が肯いて、「あの子、以前はとても暗くて、人とも打ちとけない子だったの。友達って、本当に私ぐらいしかいなかった。それが、スカウトされて、ＴＶに出たりし始めたら、ガラッと変って、明るくなった」

藍は、リハーサルから本気で演技に打ち込んでいる真沙子を見て、

「お芝居で他の人間になれることが嬉《うれ》しいんだわ」

と言った。「たぶん、お家《うち》に何か問題があるんじゃないかしら」

「うん、そうだと思う。お母さんのこととか、ほとんど話さないもの」

――カメラの位置も決って、

「じゃ、林さんのセリフ、ボードに書いて」

と、中沢ディレクターが指示する。

「すまんね」

林が申し訳なさそうに頭をかいて、苦笑した。

こんなこともあろうかと予想されていたのだろう。用意されていた白い厚紙に、大き

な字で林のセリフをＡＤがサインペンで書く。

「――じゃ、本番だ」

と、中沢が言った。

林のセリフは、ＡＤがボードを持って見せる。もちろん、カメラには入らないぎりぎりの所にＡＤが立っている。

「用意。――スタート！」

カメラが回る。

三人の芝居は順調だった。

林はボードを読んでいたが、それがちゃんとしゃべっているように聞こえる。さすがベテラン、と藍は感心した。

「お願い！　お母さん、やめて！」

と、真沙子が叫ぶが、

「止めないでちょうだい！」

と、安西克代が崖の方へと駆け出した。

もちろん、あんまり勢いよく駆け出すと、本当に落ちてしまうので、ゆっくりだ。リアリティはないが、まあ仕方ないだろう。

「やめるんだ！」

林が追って行って、安西克代をつかまえる——はずだった。

ところが、林が途中で何につまずいたのか、転んでしまったのだ。

「カット！　大丈夫ですか？」

あわててＡＤが駆け寄る。

「すまん！　ちょっと石が……」

「いやねえ、止めてくれないと。私、飛び下りちゃうわよ」

と、克代が言ったので、みんなが笑った。

「林さん、けがは？」

「いや、大丈夫。手が汚れた」

メイクの係が急いでウェットティッシュを持って行く。

「すまん、すまん」

——藍は、ふと真沙子の方へ目をやった。みんな林に気を取られていて、真沙子を見ていなかった。

え？　どうしたの？

真沙子が断崖へ向って歩き出したのだ。それも、こわごわ覗《のぞ》きに行くという風ではない。真直《まっす》ぐに、ごく普通の道を歩いているように進んで行く。

藍は、真沙子の様子に、何か異常なものを感じた。——あのままでは断崖から落っこちてしまう。

「危い！」

と、藍は大声で叫ぶと、全力で駆け出した。「止って！　真沙子ちゃん！」

聞こえていない。真沙子はスタスタと崖に向って歩いて行った。

「だめよ！」

藍は駆け寄って後ろから真沙子に抱きつくと同時に、横向きに倒れた。

断崖の端まで、あと一メートルもなかったのだ。

「真沙子ちゃん！　しっかりして！」

藍が揺さぶると、真沙子はハッと我に返った様子で、

「え……。私……どうしたの？」

と、顔を上げた。

「真沙子ちゃん。——憶えてないの？」

「私……。どうしてこんな所にいるの？」

目の前の崖に、真青《まつさお》になる。「こんな近くまで……」

ＡＤや真由美が駆けつけて来た。

「危かった！　真沙子、あと少しで落ちてたよ」

真由美の手をつかんで、真沙子はやっと立ち上ると、

「どうしたんだろ……。ボーッとして……。誰かが呼んでるみたいだった……」

真沙子は、藍が立ち上るのを見て、「ありがとう、町田さん……」

「藍さん、膝が……」

「肘と膝をぶつけたわ。大丈夫。大したことない」

ＡＤの一人が、救急箱を持って来た。

ロケバスの所まで戻って、すりむいた傷を手当している間に、収録は無事に終った。

「――大丈夫かね？」

林がやって来て、藍に声をかけた。

「ええ、大したことは……」

「いや、良かった。真沙子ちゃんは本当にいい子でね。いい役者になれる。――まるで娘か孫みたいな気がしてるんだ」

「娘と孫じゃ大分違うわね」

と、安西克代が顔を出した。

「真沙子ちゃんは、私と町田さんで送って行きます」

と、真由美が言った。「ね、藍さん。その方が話もできるし」

「そうね。少し話した方が良さそうね」

と、藍は肯いた。

「どこだって？」

と、秋川伊三郎は話を聞いて、声を上げた。

妻ののぞみも、

「どうして、そんな所へ行ったの？」

と、身をのり出した。

「ロケだったから仕方ないよ」

と、真沙子は言った。「ともかく、町田さんに助けていただいたの」

「本当にありがとう」

と、真沙子の父は、藍の手を握った。「大事な一人娘なんです」

「どうも……。何ともなかったんですから」

真沙子の自宅は、立派な邸宅だった。

父、秋川伊三郎は大企業の取締役ということだった。

「ぜひ食事でも」

という秋川の言葉を、

「明日が早いので」

と断って、藍は真由美と二人、秋川邸を出た。

「タクシー拾おう」

と、真由美が言った。「ね、夕ご飯、一緒に。私、おごる」

「高校生におごられちゃ……」

「親友を助けてくれたお礼。――ね？」

藍は苦笑した。

真由美も「お嬢様」である。――なじみのレストランで、藍と一緒に夕食をとって、

「お父さんにつけとくから大丈夫」

「真由美ちゃん――」

「でも、変だったね、あの両親」

「そうね。――真沙子ちゃんが危い目にあったってことより、ロケの場所を聞いて、びっくりしてた」

「そう！　何かあるのよね、きっと」

「あの断崖で、何かあったのかもしれないわね」

「死者の声が、真沙子を呼んだってこと？」

「嬉しそうに言わないで」

「でも――面白い」

「ツアーは組めないわよ」

と、藍は言った。

「そう？　ロケ見学ツアーとか」

「社長が喜びそうなこと言わないで」

と、藍は眉をひそめて、「そんなに年中、罪の告白ばっかりしてないでしょ」

「でも、何とかしないと」

「そうね。――真沙子ちゃんの家のことをよく知ってる人を捜してみましょう。私、ワインをいただこうかしら」

「私も」

「高校生はだめ！」

と、藍は言った。「アルコールはまだよ。幽霊だけにしておきなさい」

3　白い手

風はあのときと同じように強く吹きつけていた。

「まさか……」

と、秋川のぞみは呟いた。「真沙子……」

この崖へやって来たのはあのとき以来だ。

真沙子がここへ来た。そして危うく崖から落ちてしまうところだったと……。

あの町田藍というバスガイドの話を聞いてのぞみも、夫の秋川伊三郎も、息を呑《の》んだ。

真沙子に何が起ったのか？

真沙子自身は、そのときのことを全く憶えていないという。では、何があったのだろう？

のぞみは、崖の突端へ足を進めると、

「三神真里さん……」

と、海に向って語りかけるように言った。「約束通り、あの子は私がちゃんと育てているわよ」

もう、真沙子も十七になった。もちろん、秋川伊三郎とのぞみも、その分年齢《とし》をとったわけだが。

真沙子が芸能界へ入って活動するようになるとは、のぞみも思ってもいなかった。しかし、それが真沙子には楽しいようだ。

あのまま、役者にでもなるのなら――。

ふと足下へ目をやってのぞみは、ハッと息を呑んだ。

崖の端に、まるで這い上って来ようとするかのように、白い手がかかっていた。白い、女の両手。

「幻だわ……。気のせいよ……」

自分へ言い聞かせるように呟く。

しかし、のぞみはその場から動くことができなかった。

崖をつかんだその白い指に、ぐっと力が入った。まるで「上って来よう」とするかのように。

「やめて！」

と、のぞみは叫んだ。「来ないで！」

そのとき――車のクラクションが鳴った。のぞみがハッと振り向く。

見慣れないタクシーが停るのが見えた。崖っぷちへ目を戻すと、白い指はもう消えていた。

タクシーから降りて来たのは、バスガイドの町田藍だった。

「――秋川さん」

と、藍は急いでやって来ると、「どうしてそんな崖っぷちに立ってらっしゃるんですか？」

と訊いた。

「いえ……。真沙子の話を思い出して」

と、のぞみは言い訳した。「どんな風だったのかと……」

「それだけではないでしょう？　顔が真青ですよ」

のぞみも、ごまかせないだろうと思った。

「実は――」

と言いかけて、「真沙子から聞きました。あなたは死んだ人と話ができるって」

「正確にはそうじゃありませんけど……。まあ、そんなことも」

「その崖の先を覗いていただけない？」

「え？」

「今……手がそこにかかってたんです。誰かぶら下っているかのように」

「――分りました」

藍は崖の端まで行くと、下の岩を波が白くかむ海を見下ろした。

「誰もいません」

「そうですか……」

のぞみは汗をハンカチで拭《ぬぐ》うと、「今から十七年前に……」

と言いかけて、やめた。

タクシーから運転手が降りて来たのである。しかも――運転手は若い女だった。

「大丈夫ですか、お客さん？」

と、やって来ると、「ここ、自殺の名所なんです。やめて下さいね、危いこと」

まだ二十代だろう。制服に白い手袋が、まるでバスガイドのようだった。

「大丈夫よ。何でもないわ」

と、藍は言った。「秋川さん、よろしかったら、この近くでお話を伺えませんか」

「ええ、私は……」

藍は運転手へ、

「近くに、少し落ちついて話のできるカフェのようなものはない？」

「それなら、十分ぐらい走ると、〈Rホール〉っていう宴会場が。喫茶があって、静かですよ」

「じゃあ、そこへお願い」

と、藍は言って、のぞみを促した。

〈Rホール〉は結婚式場がメインで、そう垢抜《あか》けているわけでもないが、喫茶は空《す》いていた。

藍はタクシーの運転手――ネームプレートに、〈千原恵子《ちはらけいこ》〉とあった――に、待っていてくれるよう頼んで、降りた。

「あそこ、チーズケーキがおいしいですよ」

と、千原恵子は教えてくれた。

確かに、注文して食べてみると、手作り風の味がして、おいしかった。

「あの子もチーズケーキが好きで」

と、食べながらのぞみが言った。「買って帰ってあげようかしら」

「いいですね。きっと喜ばれますよ」

と、藍は言って、すぐに、「あの崖で何があったんですか？」

と訊いた。

のぞみはためらいがあるようで、黙ってチーズケーキを食べていたが、食べ終ると息をついた。

「実は……」

と、のぞみは重い口を開いた。「真沙子は私の子ではありません。主人が三神真里という女に産ませた子で……。主人は彼女と別れると決めました。三神真里は絶望して、あの崖から身を投げたんです」

「では、真沙子さんは……」

「彼女が飛び下りようとするのを、私、止めようとしてあの崖まで追って行きました。彼女は、思い直すことはなく、飛び下りてしまった。でも、赤ん坊だけは置いて行ったんです。いざとなると、赤ん坊を道連れにできなかったんでしょうね。――私は主人と話し合って、赤ん坊に罪はないのだから、と私たちで育てようと決めたのです」

「そうでしたか」

藍は肯いて、「真沙子さんはそのことを知らないんですね？」

「もちろんです。——お願い、秘密にして下さいね」

「はい。信用して下さって結構です」

と、藍は言った。「一つ伺いたいんですけど」

「何でしょう？」

「飛び下りた方——三神さんと言いましたね。その後、発見されたのですか？」

「いいえ。あの海は沖へ流されると、海流が強くて、遠くへ運ばれてしまうんです。あそこで自殺した人のほとんどは見付かっていないと聞いています」

「分りました」

「あの——町田さん。死んだ三神真里が娘を取り返しに来るなんてことがあるんでしょうか？」

「さあ……。私も亡くなった人の気持までは分りません。ただ、真沙子さんも、もうあの崖に近付くことはないでしょうから」

「そうですね……。あの子はとてもいい子ですから……」

のぞみはひとり言のように言って、紅茶を飲んだ……。

駅前でタクシーを降りて、のぞみが、

「ここは私が」

と、料金を払った。

藍は、改札口の手前で、

「ちょっと寄る所がありますので」

と、のぞみと別れた。

のぞみが改札口から入って行くと、藍は振り向いた。

駅前のロータリーをグルッと回って、あのタクシーがもう一度駅前に停った。藍は歩み寄ると、

「戻って来たの？」

と言った。

「ええ。何だか、あなたが呼んでおられるような気がして」

と、千原恵子は言った。

「やっぱりね」

「どういう意味です？」

「ともかく、どこかでゆっくり話さない？」

「いいですよ。今ので、充分稼ぎましたから」

と、千原恵子は言った。

4　見学ツアー

TV局のスタジオには、洒落《しやれ》たリビングのセットができていた。

「はい、それじゃ本番行きます」

と、ADが声をかける。

「行かなきゃ」

と、秋川真沙子が言った。「見ててね。ちょっと照れるけど」

「もちろんよ」

と、遠藤真由美は微笑《ほほえ》んで、「しっかりね！」

——藍と真由美は、真沙子の出演しているドラマの収録を見に来ていた。

「藍さん、何か起りそう？」

と、真由美が小声で訊く。

「楽しみにしないで」

と、藍は苦笑した。「お友達に何かあったら困るでしょ」

リビングのセットでは、あの崖でのロケと同じ、安西克代と林太一が真沙子と一緒だった。

ドラマの筋としては、崖のシーンより前、刑事が安西克代の家を訪ねて来るというところらしい。

「——突然お邪魔しまして」

と、林が言った。

今日はちゃんとセリフも頭に入っているようだ。

「どういたしまして」

と、安西克代がソファにかけて、「ご用というのは……」

「実は、そちらのお嬢さんについてのことなのですが」

「まあ、娘のこと？」

「私のことですか？」

と、真沙子が訊く。

ごく自然な演技だ。

三人のやりとりはスムーズに進み、

「はい、ＯＫ」

と、声がかかった。「アップを撮ります」

スタッフが忙しく動き回り、メイクの係が三人の顔を直している。

藍も、これまでこういう場面に何度か立ち会っているが、秋川真沙子は新人らしからぬ存在感があって、現場に溶け込んでいた。

「あの子はスターになりそうね」

と、藍は言った。

「私もそう思う。藍さんが言うのなら本物だね」

「買いかぶらないで」

――そこへ、

「おい、ちょっと」

と、中年の小太りな男がやって来た。

「田崎《たざき》さん、どうしたの？」

と、安西克代が訊いた。

「このドラマのプロデューサーよ」

と、真由美が言った。

「よく知ってるわね」

「真沙子のこと、凄《すご》く買ってるんだって」

しかし、どうやら何か問題が起ったらしい。

克代と林、そしてやって来たディレクターの中沢が加わって何やら話している。

　真沙子は、自分が係《かかわ》る話ではないと思っているのだろう、台本を開いて、セリフを確かめているようだった。

「やれやれ、参ったな！」

　と、中沢がため息をつく。

「仕方ないだろ。スポンサーは絶対だ」

　と、田崎という男は言って、「真沙子ちゃん、ちょっと来てくれ」

「はい」

　藍は少しその話の場に近付いた。

「――この間の崖の上の場面なんだがね」

　と、田崎が言った。

「私、何かしくじりましたか？」

「いや、そうじゃないんだ」

　と、田崎は首を振って、「実はスポンサーの〈P〉が、あの場面を見てね、君があそこで〈P〉のコートを着てないって文句をつけて来たんだ」

「え？」

　真沙子がさすがに目を丸くする。

「だから、君のせいじゃない。衣裳《いしよう》はスタッフが用意してるからね。だけど、〈P〉はこのドラマのスポンサーとしては一番大きい。次のシリーズにも、ついてくれると言ってるんだ」

「じゃあ……」

「すまないが、あの場面、もう一度撮りたい。頼むよ」

「あの、崖の上でですか？」

「そうだよ」

「勝手ね。本当に」

と、克代はふくれっつらをしている。

「いつ撮るんだ？」

と、林が訊く。「僕はそう日が空いてないよ」

「明日、どうでしょう」

と、田崎が言った。

「明日？　――おい、うちのマネージャー、呼んでくれ！」

たちまち、それぞれの事務所の人間が加わって、色々と話し合いが始まった。

「――藍さん」

と、真由美は言った。「これって……」

「そうね。何かの予告かもしれない」

もう二度と行かないと思っていた、あの崖。真沙子は怖いだろう。しかし、状況はそんな少女の気持など、全く無視して、

「じゃ、明日、崖のシーンを撮り直します」

と、田崎が言った。

「明日は晴れるが、風が強いと言ってたよ」

と、林が言った。「僕が吹き飛ばされないように、気を付けてくれよ」

「私の着るコートは……」

「真沙子ちゃんのコートは〈P〉が用意して、今夜中に届く」

「分りました」

と、真沙子は肯いた。

もう一度？　──藍は、ただの偶然とは思えなかった。

「──ね、真由美ちゃん」

「うん？」

「いつものツアー客に声をかけて、明日、そのロケを見に行かない？」

「行く！」

真由美が目を輝かせた。

「しっ。──電話してみるわ、営業所に」

営業所といっても本社も同じである。

藍が企画する〈幽霊ツアー〉には必ず参加する常連がいる。

電話一本で、明日でも集まるのである。

「成立したわ」

と、藍が言った。

「やったね！」

真由美がウインクして見せた。

5　崖の彼方《かなた》

「真沙子、大丈夫？」

と、真由美が訊くと、

「うん」

真沙子はしっかり肯いて、「私はプロの役者だもの」

「その調子！」

と、安西克代がニッコリ笑って、「今どきのイケメン役者に聞かせてやりたいわ」

「手厳しいね」

と、林が笑った。

——あの崖で、再び罪の告白のシーンが用意されていた。

林が言っていたように、風はいつも以上に強く、女優たちはスカートがめくれてしまうので、二人とも〈P〉のコートを着て、ボタンをとめておくことになった。

安西克代は、

「〈P〉のコートって、私の好みじゃないのよ」

と、文句を言ったが、結局、着たコートはタダでもらえる、というので納得した。

林は真沙子に小声で、

「これ、彼女のいつもの手なんだ」

と囁《ささや》いた……。

「じゃ、リハーサル！」

と、中沢が言った。

「この間やったんだからいいんじゃない？」

と、克代が言ったが、

「時間が違うんで、光の当り方も変ってるんだ。カメラに必要なんだよ」

「分ったわ」

そこへ、

「失礼します」

　バスが停って、制服姿の藍が降りて来ると、崖の方へやって来た。

「〈すずめバス〉の者です。今日はロケの見学に伺いました」

「あら、あなたね」

　と、克代が言った。「制服姿、すてきよ。ドラマに出ない？」

「藍さんが出ると、幽霊がついて来ますよ」

　と、真由美が愉快そうに言った。

　いつもの常連客たち二十人余りがゾロゾロとやって来た。

「ああ、よくTVドラマで見る崖ね」

「うん、何か出そうだ」

　と、ガヤガヤやっている。

「じゃ、その位置で。お静かに」

　藍が客たちを少し退《さ》がらせた。

「じゃ、リハーサル」

　同じシーンなので、セリフは入っている。林、克代、真沙子の三人で、リハーサルは順調に進んだ。

「安西さん、もう少し切迫した感じでね」

と、中沢が言った。

「分ってるわよ」

本番に向けて、自分の中のテンションを上げているのが、はた目にも分った。

「髪が風でバラバラになる。ピンで留めて」

と、中沢が指示した。

三人が一旦崖から離れる。――ホッとした空気が流れる。

すると、そこへタクシーがやって来て停った。

「――お母さん」

真沙子が目を見開いて、母、のぞみがタクシーから降りて来るのを見た。

「何なの、これは！」

と、のぞみは中沢の方へ、「この間、真沙子が危い目にあったのを忘れたんですか！」

「いや、大丈夫。用心してますよ」

中沢は、撮り直しになった事情を説明した。

「そんなこと、真沙子には関係ありません！」

と、のぞみは言い返した。「すぐに中止して下さい！」

「いや、そうはいきません。真沙子君もちゃんと承知していることですし」

「お母さん」

と、真沙子はのぞみの腕に手をかけて、「私、大丈夫だから。プロなんだもの。やらなきゃ」

「真沙子。あんたは分ってないのよ！　あの白い手の怖さを……」

「白い手？　何なの、それ？」

のぞみは息をついて、

「――何でもないわ。町田さん。この子を守って下さい」

「ご心配なく」

藍は肯いて見せ、のぞみは渋々ツアー客と同じ場所に立った。

タクシーの運転手――千原恵子がやって来て、

「町田さん。今日は知らせていただいて」

「どうも。そこで見ていてね」

と、藍は言って、「これ、持ってて」

と、〈すずめバス〉の旗を真由美に渡した。

「――じゃ、本番！」

と、声がして、その場の空気が緊張する。

林、克代、真沙子の三人が所定の位置につくと、

「じゃ、カメラは回しっ放しにするからね」

と、中沢が言った。「安西さんのきっかけで始めて下さい。――スタート」

三台のカメラが同時に撮っている。

克代は一旦目を閉じて、息をつくと、

「何もかも分ってるんでしょう……」

と、セリフを口にした。

林と克代の緊迫したやりとり。

「お母さん」

と、真沙子が言った。「どんなことがあっても、お母さんはお母さんだよ！」

――藍は、吹きつけてくる風の中に、ふっと自然でない「冷気」を感じた。

来る……。

ツアー客の間にハッと息を呑む気配があった。

「――何だ、あれ！」

林がセリフにない言葉を口にしたのは、ちょうど崖へ向いて立っていたからだった。

崖の端に白い両手が這い上って来た。

「止めて！」

と、のぞみが叫んだ。「真沙子、逃げて！」

「私……動けない」

真沙子も目をみはった。「私の方に……」

白い両手だけが、崖の上に這い上って来て、真沙子の方へとジリジリと進んで来た。

「お願い、やめて！」

と、のぞみが叫んだ。

「秋川さん」

と、藍が言った。「ここであったことを、本当のことを話して下さい。それ以外にあの手を止める方法はありません」

「真沙子……」

のぞみはガクッと膝をついて、「許してちょうだい！　私はあなたのお母さんを、崖から飛び下りさせたの！」

「お母さん……」

「私は赤ん坊を抱いていた。崖から飛び下りて死ねば、この子をちゃんと育ててやる、と言った。三神真里……。主人の浮気相手だった……」

「じゃあ、私のお母さんは――」

「許せなかったの。主人との間に子供まで作っていた、あの女が。私は子供のできない体だった……」

のぞみは地面に両手をついて、「許して、三神さん！　この子を連れて行かないで！」

と、泣き崩れた。

――しばし沈黙があった。

「お母さん」

と、真沙子は白い手に向って言った。「本当のことを忘れないわ。でも、今のお母さんは、私を可愛がってくれた。ちゃんと育ててくれた。――私のお母さんはあの人なの」

それを聞くと、白い手は止って、ゆっくりと崖へ向って退がって行った。

「何てことだ……」

と、林が呟いた。「現実なのか？」

白い手は、崖の端まで行って止った。

真沙子は静かに肯いて、

「私は幸せよ」

と言った。

白い手が崖の向うにフッと消えた。

誰もがホッと息をつく。

真沙子がのぞみへと歩み寄って、

「立って、お母さん」

と促した。

「真沙子……」

のぞみが涙を拭う。

「秋川さん」

と、藍が言った。「あなたが子供のできない体になったのは……」

「私……二十歳《はたち》のときに、恋人だった大学の先生の子を産んだんです。難産で、それが原因でした」

「その子供さんは？」

「里子に出しました。どうしているやら分りません。――三神さんを責める資格なんか、私にはなかったんです」

藍は肯いて、

「そのお子さんはここにいますよ」

と、タクシーの運転手、千原恵子の方を振り返った。

「――この人が？」

「あなたがこの前、ここで白い手を見たとき、タクシーがクラクションを鳴らしたでしょう？　千原さんは、まだ何も見えていなかったのに、何かが起っているのを察してクラクションを鳴らしたんです」

と、藍は言った。「秋川さん。ここに亡くなった人の霊を呼び寄せたのはあなたなんです」

「え？」

「真沙子さんも、死んだ母親の思いを感じて引き寄せられた。でも、白い手になって現われたのは、秋川さんが、霊を呼ぶ体質だからなんです」

「私が……」

「この千原さんも、秋川さんの血を受け継いでいるので、あのとき何かを感じたんです」

「まあ……」

「千原さんと話して、身許《みもと》を調べました。間違いなく、秋川さんのお子さんですよ」

「そうでしたか……」

のぞみは力なく座り込んで、「私は……本当の子も育てられなかった……」

「でも、私を育ててくれたわ」

真沙子はのぞみを抱きしめた。

「私も一人で楽しくやってます」

と、千原恵子が言った。「心配しないで下さいな」

のぞみは真沙子に支えられて立ち上った。

——誰からともなく拍手が起った。

「いや、凄いシーンだった！」

と、林が言った。「芝居なんか馬鹿らしくてやってられんな」

「本当だわ」

と、克代が笑って、「ね、今の、カメラに撮れてるの？」

「それが……」

と、カメラマンが言った。「作動しなくなっちゃったんですよ」

「もう大丈夫でしょう」

と、藍は言った。

「じゃ、もう一度、本番やりましょうよ」

と、真沙子が言った。

「よし、やり直しだ」

中沢が言った。「ドラマの力を見せてやる」

〈すずめバス〉のツアーは、結局、ロケ終了後の、スターとの記念撮影で終った。

「町田さん、ありがとう」

と、のぞみは礼を言うと、「娘とゆっくり話したいわ。二人の娘とね」

「秋川さん」

と、千原恵子が言った。「タクシーのご用のときは、呼んで下さいな」

寝過したマクベス夫人

1　予言

「また、三笠《みかさ》さんは！」

という声を背中に聞いて、ちょっぴり後悔していた。

まあ、確かにそうだ。——酔っての帰り道に、道端に机を出している占いの明りを見ると、ついフラフラと引き寄せられるように寄って行ってしまう。

「三笠さん……」

と、少し先に行ってから気付いて戻って来た西方《にしかた》ルミは、三笠真人《まこと》に言いかけたが、そのときはもうその占いの女の前に、三笠は立っていた。

ルミの言いたいことは分っている。

「どうせ当らないんだから」であり、「安くないでしょ、それだって」でもあり、「三笠さんだって信じてないくせに、占いなんて！」だった。

それはすべて正しい。

それでいて、なぜ人相や手相を見てもらうのか？

三笠の右手をじっと眺めていたその占い師の女は、

「左手を」

とだけ言った。

三笠は素直に左手を出した。

女は多少熱心に左手をまじまじと見てから、

「あんたの顔を見せとくれ」

と言った。

「酔ってるから、少し赤いぜ」

「少しどころじゃないでしょ」

と、斜め後ろで西方ルミがからかう。

「顔をもう少し明りに近付けて……」

素直に顔を少し突き出しながら、三笠は、この占い師は初めて見るな、と思っていた。

こうして「店」を出すにも「縄張り」のようなものがあるようで、三笠はたいていの占い師の顔を見知っていた。しかし今日の女は——。

「難しいね」

と、女は言った。

「分りにくい顔してるかい？」

と、三笠は訊《き》いた。

「いやいや、そうじゃないよ」

女は五十歳ぐらいか、黒ずくめの服装で、頭にも黒い布を巻いている。黒い瞳がどこかふしぎな力を持っているように見えた。

「出世する。それは確か」

「へえ、そりゃありがたい」

「でも選ばなきゃならないね。出世か幸福か」

「どういう意味だい？」

「今の係長から課長になる。近々ね。その先どうするかはあんた次第だ」

三笠はちょっと面食らって、

「どうして僕が係長だって知ってるんだ？」

「占い師だよ、私は」

と、女は微笑《ほほえ》んで、「その気になれば、部長、重役も遠くない。その代り、犠牲を払うことになるけどね」

「――そうか。いや、ありがとう」

いささか酔いがさめていた。「いくらだね？」

「今日はタダでいい」

「そうはいかないよ」

「この次に、ちゃんといただくよ」

と、女は言った。「それから、あんまり〈ビーチ〉に寄っちゃいけないよ」

「いや……どうも」

三笠はスタスタと歩き出した。西方ルミがあわてて追いかけると、

「三笠さん！　どうしたの？」

「何でもないよ」

そう言って、三笠は不意に足を止め、振り向いた。「いい加減なこと言いやがって——」

言葉が切れた。ルミは当惑顔で、

「どうしたっていうの？　何だか変よ」

「いや……。あそこにいなかったか？」

ルミも振り向いたが、

「あら、本当だ。もういなくなってる」

歩道が少し薄暗くなった辺り、確かについ今まで三笠を占っていたあの女の姿が、机もろとも消えてしまっていたのだ。

「素早いわね」

と、ルミは肩をすくめて、「でも、すぐ課長になるらしいじゃない？」

「よしてくれ」

三笠はちょっと苛立《いらだ》った口調で、「全く、占いなんかやるもんじゃないな」

ひと息ついて歩き出す。

「何だか妙なおばさんだったわね」

と、ルミが言った。「三笠さんが係長だって当てたわ」

「適当さ。これぐらいの年齢なら、たいていはその辺だろ」

二人は駅前に来ていた。

「じゃ、お疲れ」

と、三笠は足を止めて言った。

西方ルミはここから電車。三笠はバスである。

「明日は外から回るわ」

と、ルミは言って、「それじゃ」

と行きかけたが、思い出したように、

「さっきの人が、〈ビーチ〉に寄るな、とか言ってたけど、何のこと？」

「さあね。見当もつかないよ」

と、三笠は首を振って言った。

ルミが改札口を入って行き、もう一度振り返って手を振った。三笠も手を上げて見せる。

——三笠の顔から笑みが消えた。

〈ビーチ〉に寄るな、だって？　どうしてそんなこと知ってるんだ？

バス停にちょうどバスがやって来た。三笠は急いで行きかけたが……。

バスが行ってしまうのを見送ってから、三笠は駅前のロータリーを渡って、バーの並ぶ細い通りへと入って行った。

ひしめき合うように並んだバーやクラブの中、地下へ下りる小さな階段があって、〈ビーチ〉という赤い文字が点灯している。

三笠はその狭い階段を下りて行った……。

駅のホームに上ると、ちょうどバス停が見える。三笠はそのことに気付いていなかった。

「三笠さん……」

西方ルミは、三笠がバスに乗らなかったのを、ホームから眺めていた。

三笠真人は〈M貿易〉の広報課の係長。西方ルミはその部下である。三笠は四十六歳、ルミは三十二歳だが、気が合うというのか、ほとんど友人同士のような口をきいている。

一緒に残業して、帰りに軽く飲むのは、いつものことだった。

だが――。駅前で別れ、こうしてホームからバスに乗る三笠を眺めるのを楽しみにしていたルミは、あるとき、三笠に渡さなくてはならないメモを忘れていたことに気付き、急いで改札口へと戻った。

三笠はバスに乗らず、足早にどこかへ向っていた。――ルミは、三笠が〈ビーチ〉という店に入って行くのを見届けた。

今夜も、たぶん三笠はあの店に行ったのだろう。

心配だが、だからといって、三笠に忠告するような立場ではない。

〈ビーチ〉のことを調べて、ルミはそこがかなり「危い」クラブだと知った。ぎりぎり未成年の少女たちを使って、ほとんど売春に近いことをやらせているという情報もあった。

万一、警察の手入れでもあったら……。三笠の社内の立場は。そして、三笠には妻と中学生の娘がいる。その家庭生活だって、どうなるか……。

さっき、あのふしぎな占い師の女が、「〈ビーチ〉に寄るな」と言うのを聞いて、むろん三笠もギョッとしただろうが、ルミもびっくりしたのである。

あの女は、なぜ三笠のそんな行動まで知っていたのか……。

「あ……。ケータイだ」

電車がそろそろ来るところだったが、ルミのバッグの中で、ケータイが鳴った。

「――もしもし、西方ですが」

会社の同僚の女性からだった。

「あ、ルミちゃん、今どこ？」

「駅のホーム。これから電車に乗るところよ。どうして？」

「あのね、今人事の人から連絡があって、課長さん、亡くなったんですって」

「課長さんって……うちの？」

「そうよ！　水浜《みずはま》さん！」

「だって、六時過ぎまで会社にいたわよ」

「その後、飲みに行って、外で突然倒れたんですって。心臓だったみたいよ」

「まあ……」

「たぶん、明日お通夜だっていうから、そのつもりで、って言われた」

「びっくりね！　あんなに丈夫そうだったのに」

「ねえ！　人間なんて分んないわね。――三笠さんは一緒だったの？」

「え？　ああ……。さっき別れたわ、駅前で」

「そうか。次は三笠さんね」

「次？」

「次の課長よ。当然三笠さんがなるでしょ」

ルミは、あの占い師の女が言っていたことを思い出していた。

本当に、課長になるんだ……。

電車がホームへ入って来た。

2　予兆

「あら、三笠さんの奥様」

と言われて、三笠めぐみは戸惑った。

「はあ……」

「お買物？　やはりここは他よりいい物が揃《そろ》ってますものね」

誰だっけ、この人？

めぐみは思い出せなかったが、まあ適当に微笑んで、

「そうですね、本当に」

と言った。

「お買物？」と訊かれても――。ここはスーパーである。「買物」以外のどんな用事があるだろう？

「私、ここのチーズが大好きですの」

と、その女性は言った。

「チーズですか……」

「スイスやオランダの、とても珍しいチーズが揃っておりますのよ。主人がワインと合うチーズというのに凝っておりましてね」

「そうですか……」

「三笠さんのお宅も、ご主人様が課長になられたんですもの、やはりいいワインをお求めにならないと」

ホホホ、と笑って、「じゃ、失礼いたします」

「どうも……」

めぐみは、呆気《あっけ》に取られて、その女性を見送っていたが……。

どうして主人が課長になったって知ってるんだろう？　――首をかしげながら、下着売場を歩いて、〈三枚千円〉のシャツを買ったりしていると、

「あ！」

思い出した。団地の自治会で一緒に役員をやったことがある。

名前は……忘れちゃったけど。

そうそう。何でも大手企業の部長の奥さんだった。訊かれもしないのに、

「主人は部長ですの」

と言っているので有名だった。

どこで聞いたのか、確かに、めぐみの夫、三笠真人は課長になった。前の課長、水浜の突然の死のせいだから、あまり喜ぶわけにもいかないのだが、まあ夫も四十六だ。課長になって当人も張り切っているようである。

「でも、買物は関係ないけど……」

と、めぐみは呟《つぶや》いた。

このスーパーは、他の店と比べて少し高級品を揃えていることで知られている。でも、めぐみがここへ来たのは、別に夫が課長になったからではない。

いつも使う化粧水が、ここでしか売っていないのである。

あの「部長の奥さん」は誤解しているようだが、課長になったからといって、ぜいたくできるほど収入が増えているわけではないのだ。

ワインにチーズ？　――そんな洒落《しやれ》た食卓は、三笠家とは無縁である。

それにしても、あの水浜だって、まだ五十二、三だったろう。用心しなければ。

夫だって、いつ……。

めぐみは、ふと誰かの視線を感じて振り向いた。――目が合ったのは、赤いセーターの女の子で、まだ二十歳《はたち》になるかどうかだろう。

はっきりと、めぐみを見ている。

話しかけるには距離があって、しかし明らかにめぐみのことを知っているという様子だ。そして、その視線は、どう見ても好意的なものとは言えなかった。

しばらく二人は見つめ合っていたが、やがてその女の子はパッと背を向けて、行ってしまった。

「――何なの？」

と、めぐみは首をかしげた。

妙なことばかりあるわね、このスーパー、とめぐみは思った……。

西方ルミは、机の電話が鳴っていることに、しばらく気付かなかった。

「――あ、いけない」

やっと受話器を上げて、「はい、西方です」

「受付です。〈すずめバス〉――とかいう所の人がみえてるけど。〈はと〉じゃないのね。おかしい」

「ああ、応接室へお通しして」

と、ルミは言った。

しっかりしなきゃ……。ファイルを手に、ルミは立ち上った。

「——お待たせしました」

ルミは応接室へ入って行った。

「〈すずめバス〉の町田藍《まちだあい》です。この度はありがとうございます」

スーツ姿のすっきりとした女性だ。

「今お茶を……」

と、ルミが言った。

「お構いなく」

と言って、町田藍は、「お疲れのご様子ですね」

「え？」

「失礼しました。——来月のバス旅行ですね」

パンフレットやチラシを並べて、「一応これはご参考までに。一つ一つ、個別のツアーを工夫して行きますので」

「はあ、よろしく」

てきぱきと必要な事項を詰めて、費用を相談し、町田藍は、

「では、帰りましたら、すぐに見積りを出してファックスいたします。ご検討の上、ご返事いただければ」

「でも——これで進めていただいて大丈夫ですよ」

と、ルミは言った。

「いえ、きちんと手順を踏まなければ。後で何かあるといけません」

「分りました」

ルミは微笑んで、「いいお仕事をされますね」

「恐れ入ります。何しろ弱小会社ですので」

と、藍は言った。「当日は私がご一緒いたします」

「でも――ガイドさんがいらっしゃれば、それで」

「私がガイドです」

「まあ……」

ルミはちょっと笑ってしまった。

コーヒーをいれて、二人で飲みながら、

「町田さん。さっき『お疲れのご様子』とおっしゃいましたけど、私、そんなにくたびれてます？」

「失礼なことを申し上げて。でも、ご心労は並々ならないものだと……」

「そんなことがお分りに？」

「私、そういう空気を感じるので。何か深刻な問題を抱えておいででは？」

ルミは少しの間、藍を見ていたが、

「――ふしぎだわ。町田さんになら、何でもお話しできそうな気がします」

「どうぞ、話して下さい」

「実は……今度のバス旅行には、うちの課長の三笠の一家が参加します。課長になったお祝いということもあるんですが……」

ルミは、三笠と会った、あのふしぎな占い師の女のことを話した。

藍はじっと聞いていたが、

「――お金を取らなかったんですね？」

「そうなんです」

「次のときに、と……。その後、三笠さんはその占い師と会ったんでしょうか」

「さあ……。でも、私と一緒にはあまり帰らなくなりましたから」

「西方さん。その女占い師のいたのはどの辺りですか？」

ルミはメモ用紙に地図を描いて、

「この辺りです」

と、×印をつけた。

藍はメモを折りたたむと、「今日、帰りにここを通ってみます」

「分りました」

「まあ。すみません」

「たとえ姿は見えなくても、何かが残っているかもしれませんから」

「何か、って？」

「お任せ下さい」

藍は微笑んで、「その三笠という方のことを、もう少し聞かせて下さいますか」

と言った……。


西方ルミの手描きのメモを見ながら、町田藍は足を止めた。

「この辺ね……」

メモの中の×印。――三笠という男が出会った占いの女がいたというのは、この辺りのはずだ。

藍は周囲を見回した。

どことなく薄暗いのは、前後の木立がほとんど手入れされていなくて、枝が歩道へ伸び、光を遮《さえぎ》っているからだった。

しかし、藍は何かそれだけでない、不穏な雰囲気を感じていた。

すると――不意に背後に人の気配を感じた。とっさに危険を感じて、振り向くと同時に飛びのいた。

「おのれ！」

白髪の、ぶきみな老女が短刀を手に立っていた。気付かなければ、刺されていただろう。

「お前は何者だ！」

と、老女が言った。

「そっちこそ。人を不幸にしたいの？」

「邪魔したら、ただじゃおかないよ！」

と、老女は言うと、素早く姿を消した。

本当に影のように消えてしまったのである。

「ああ……」

藍は汗をかいていた。――あれは何だろう？　悪意の塊《かたまり》のようだった。

おそらく三笠がここで会った占い師は、あの女に違いない。

「課長になる」

という予言で信用させておき、人を悪の心に引きずり込もうとするのだ。

でも――これは「マクベス」の世界ではない。何か原因があるのだ。

この現実世界に「魔女」が現われる？　そんなことがあるだろうか。

もしかすると、あれは藍にだけ見えた幻影だったのかもしれない。

「――何だか、今度のバス旅行、波乱含みね」

と、藍は呟いた。

「あら、ルミちゃん」

給湯室でお茶を飲んでいた西方ルミは呼ばれて振り返ると、

「あ、奥様！」

と、びっくりして湯呑《ゆの》み茶碗を落っことしそうになった。

「『奥様』なんて呼ばなくていいわよ」

と、シャネルのスーツを着たその女性は笑って、「以前みたいに『涼子《りようこ》さん』で」

「そうはいきません」

と、ルミは言った。「社長の奥様に、そんな……」

〈M貿易〉の社長、北山重敏《きたやましげとし》の妻、涼子である。といっても北山はもう六十だが、涼子は今、三十五歳。前の夫人が亡くなった後、二年前に北山と結婚した。

以前は西方ルミと同じ仕事をしていた先輩ＯＬである。

しかし、もちろん今は社長夫人。服装もバッグも、ルミなどとは桁《けた》が違う。

「社長の所に？」

「夕食を一緒にすることになってるの。知り合いのシェフが、新しくお店を出したんでね」

「お洒落ですね」

「あなたはどう？」

「一向に変りません」

「そういえば、三笠さん、課長になったんですってね」

と、涼子は言った。

「はい。水浜さんが亡くなったので」

「そうそう。急なことだったわね」

と、涼子は言った。「でも、三笠さんは、もう課長になっていい人だったものね」

「はあ」

「さっき、受付の子から聞いたわ。来月、課の慰安旅行ですって？」

「あ……。週末だけですけど、温泉にと思って。三笠さんの課長になったお祝いも兼ねて、と思って、ご家族もお招《よ》びすることにしています」

「それはいいわね。どこへ行くの？」

「たぶん……〈G温泉〉へと……」

「まあ、偶然ね」

と、涼子が目を見開いた。

「というと……」

「うちも主人と二人で〈G温泉〉に行くことにしてるのよ。じゃ、一緒に行きましょうよ！」

「でも――社長のお泊りのような高級ホテルは、とても高くて……」

「大した人数じゃないでしょ。いいわよ、主人に言って、会社持ちにさせるから」

「でも……」

「元は同僚じゃないの。一緒に温泉に浸《つか》っておしゃべりしたいわ」

涼子はルミの肩をポンと叩《たた》いて、「じゃ、連絡して。人数や、細かい日程をね」

「かしこまりました」

ルミとしては、そう答えるしかなかった……。


「奥さん、見たわ」

と言われて、少しウトウトしていた三笠真人は、

「――何だって？」

と、目を開けた。

「この間、スーパーで買物してるとこ、見ちゃった」

と、その娘は言った。

ホテルのベッドの中で肌を触れ合っている二人は、すでに一度交わった後だった。

「見たって……。めぐみを？　しかし、君はあいつの顔を知らないだろ」

「あなたの家を知ってるもの。出かける奥さんをずっと尾《つ》けて行った」

「君……」

「大丈夫。何も言わなかった」

「びっくりさせないでくれ。――ね、そんなこと、もうやめてくれよ」

三笠は不安げに言った。

「分ってる。ちょっと遊んでみたかったのよ」

――井崎《いさき》ミドリ。本名ではないかもしれない。三笠があの〈ビーチ〉で知り合った女の子である。

自分では、「もう二十歳」と言っているが、実際はどうなのか。三笠も知らない。

ただ、若々しい体は三笠にとって逆らい難い魅力だった。

「――さあ、もう帰らないと」

と、三笠は起き上った。

「今度、温泉旅行ですって？」

と、ミドリが言った。

三笠はびっくりして、

「どうして知ってるんだ？」

「いやだ。この間話してたじゃないの」

「僕が？　――そうだったかな」

「忘れちゃったの？〈G温泉〉に、社員の人たちと。それに奥さんと娘さんも一緒だって」

「ああ……。じゃ、しゃべったのか。憶《おぼ》えてないな」

「待って。一緒に出るわ」

ミドリはベッドから滑り出た。

西方ルミは、三笠が若い娘とホテルから出て来るのを、離れた所から眺めていた。

やっぱり……。

あの〈ビーチ〉へ、三笠が今もしばしば通っていることを、ルミは知っていた。

奥さんは知らないのだろうか？　しかし、いずれ分る日が来る。

「じゃあね」

その娘が三笠にキスして、二人は別れた。

ルミは娘が自分の方へ歩いて来るのを見て、遮るように出て行った。

「――何かご用？」

「三笠さんと別れて」

と、ルミは言った。

「どうして？」

「あなた……。三笠さんには奥さんも娘さんもいるのよ。三笠さんの家庭を壊さないで」

娘はちょっとルミを眺めていたが、やがて声を上げて笑った。

「何がおかしいの？」

と、ルミが訊く。

「だって、あなただって、あの人を愛してるじゃないの」

「何を言ってるの？」

「分ってるわよ。西方ルミさん」

ルミは愕然《がくぜん》として、

「どうして私の名前を――」

「自分の心の中を覗《のぞ》いてみるのね」

娘は、ふしぎな黒い瞳で、じっとルミを見つめていた。――この眼。どこかで見たことが……。

「私なんかより、ずっと性質《たち》が悪いわ。あなたは三笠さんの奥さんが死ねばいいと思ってる」

「いえ、そんな……」

「本当は自分の方が三笠さんの妻にふさわしい。そう思ってるのよ。奥さんが死んで、自分が後妻になる。ね？　三笠さんの腕に抱かれて、我を忘れて夢中になる。その夢をいつも見てるでしょ？」

ルミの頭に、三笠に裸で抱かれている自分の姿がはっきりと浮んだ。——そう。いつも私はそう夢見ていた。

「でも……そんなことは……」

「できるわよ」

「できる？」

「温泉旅行よ。いい機会じゃないの」

「何を言ってるの？」

「そのために、〈G温泉〉を選んだんでしょ。分ってるわよ」

と、娘は微笑んで、「あそこは深い谷や崖がある。一緒に歩いてるとき、ちょっと奥さんの背中を押せば……。大丈夫。見てる人なんていやしないわよ」

「馬鹿なこと言わないで！」

と、ルミは怒鳴った。

「ほらね。そんなに怒るのは、自分の望んでることを言い当てられたからだわ。ま、自分でも気が付いてないかもしれないけどね」

「あなたは……一体誰？」

「私？　私はただの二十歳の女の子。井崎ミドリというの。よろしく」

「井崎ミドリ……」

「三笠さんを幸せにしてあげたいでしょ？」

「何を言うの？　今、あの人は充分に幸せだわ」

「いいえ。あなたが妻になれば、三笠さんはもっと幸せになる。あなたにも分ってるはずよ。あの奥さん、ただのボンヤリで、何の取り柄もない。特に美人でもないし、お料理も上手《うま》くないし、ご主人の出世を助けるでもない。あなたなら、もっともっと上手くやってあげられる」

　ルミは、いつの間にか、そのミドリという娘の言うことにいちいち肯いていた。

「人生は自分で切り開いていかなくちゃ」

「自分で……」

「幸せを、その手でつかみ取るの。じっとして、ただ待ってるだけじゃ、幸せはやって来ないわよ」

　ルミは、何とも言い返せなかった。

　そうだ。この子の言う通りかもしれない。

三笠の妻、めぐみが万一事故にあったら……。三笠を慰めるのは私の役目なんだわ。そう。そこから愛情が生まれる……。

「でも、あなた——」

と言いかけて、ルミは愕然とした。

ミドリという娘がいつの間にか影も形も見えなくなっていたのである。

「そんな……。そんなにうまく行くかしら……」

ルミはいつしか、三笠の妻が死ぬことを、「うまく行く」ことだと考えていた……。

3 旅先

ホテルまで、遠く感じた。

「皆様、お待ち遠さまでした。〈G温泉〉きっての高級ホテル〈グランドホテル〉に到着でございます」

藍は、ホテル正面にバスを着け、客を降ろした。

「あら、待ってたわよ」

玄関に、社長夫人、北山涼子が迎えに出て来た。

「これは奥様」

と、三笠が一礼して、「こんな高級ホテルに泊れるとは……」

「心配しないで。主人も、ぜひ一緒に楽しみたいと言ってるわ」

「お母さん、凄《すご》いホテル！」

と、目を丸くしているのは、三笠の娘、春香《はるか》である。

「ちょっと、騒がないで」

と、めぐみがたしなめて、「三笠の家内でございます……」

「ええ、存じてますわ。いい奥様って評判ですもの」

「まあ、とんでもない」

「さ、みんなチェックインして」

と、涼子は言った。

二十五名。――三笠の妻と子を含めた人数である。

全員、このホテルに泊って、しかも部屋代は会社持ちというのだから……。

藍は、乗客が全員ホテルに入るのを見届けると、西方ルミへ、

「では、私どもはこれで」

「あら。でも明日も――」

「はい、朝八時にお迎えに上ります。私とドライバーは、もっと庶民的な宿へ」

「そうね。ここはシングルでもお高いわ」

ルミはそう言って、「でも――町田さん、本当は私、怖いの」

「何がですか？」

「何だか……今夜、良くないことが起りそうな気がして。ここへ泊っていただけませんか？」

「でも、それは――」

と、藍が言いかけたとき、

「あ、藍さんだ！」

と、聞き憶えのある声がした。

「まあ、真由美《まゆみ》ちゃん！」

〈すずめバス〉のツアーの常連客、遠藤《えんどう》真由美がジーンズ姿でやって来たのだ。

「どうしてここへ？」

と、藍が訊く。

「家族旅行よ。藍さん、仕事？」

「見りゃ分るでしょ」

「じゃあ、今夜このホテルにお化けが出るんだ」

「やめてよ！」

「一緒に泊ろう！　ね？　部屋代、お父さんに出させるから」

正《まさ》に「お嬢様」の真由美。結局すぐに父親に連絡して、藍とドライバーの君原《きみはら》をこのホテルに泊らせることに成功した。

「じゃ、一緒に大浴場に入ろうね！」

と、真由美は大喜び。

「ともかく、チェックインするわ」

藍は、君原と二人、この高級ホテルにチェックインした。

藍は、ふとロビーで社長夫人が熱心にケータイで話しているのを目にした。

「西方さん」

と、藍は言った。「何かあったら、いつでも呼んで下さい」

「ありがとうございます」

ルミはホッとした様子で、藍の手をしっかりと握った……。


宴席は、盛り上らなかった。

何といっても、社長の北山がいるのだから、みんな酒を飲んでも酔えない。

「――やれやれ」

中座した三笠は、ホテルのテラスへ出た。

高台に立ったこのホテルのテラスからは、眼下に町の灯が美しく広がって見えている。

夜風も、少しほてった頬には快《こころよ》かった。

ふと人の気配に気付いて振り向くと、

「三笠さん」

社長夫人、北山涼子が立っていた。浴衣《ゆかた》姿で、風で太腿《ふともも》が少し覗いている。

「これは奥様――」

と、三笠が言いかけると、

「やめて」

と、涼子は遮った。「昔のこと、忘れたの？」

「それは……昔のことですよ」

「私は忘れないわ」

――ＯＬだったころ、涼子は三笠と何度か寝たことがあったのだ。

「今は社長夫人ですよ」

「だから？　私は少しも変ってないわ」

「しかし――」

「ね、抱いて」

涼子は三笠にキスした。

「――いけませんよ。誰が来るか……」

「ええ、来るわ。主人がね」

「え？」

「三十分したら、このテラスに来て、と言っといたの」

「どういうことです？」

「聞いて」

涼子は三笠の腕をしっかりつかんで、「主人は遺言状を作った。主人が死ねば、すべて私のもの」

「奥さん……」

「あなた、社長になりたくない？」

三笠は唖然《あぜん》として、

「何ですって？」

「ここから主人を突き落とすの。下は崖よ。まず助からない」

「奥さん……」

「涼子と呼んで。あなたのアリバイは私が証言してあげる。主人の死は事故か自殺で片付くわ」

「まさか」

「このところ、体調が良くないの。ただの胃炎だけど、当人はもっと重い病気じゃないかと心配していた。──私がそう証言すれば、誰も疑わないわ」

「そんなことが……」

「ほとぼりがさめたら、私はあなたと結婚して、あなたを社長にする。どう？」

三笠は、あの占いの女の言葉を思い出していた。

「そううまくいくわけが……」

と言いかけて、「それに、僕には妻がいます」

「そうね。でも、あの奥さんじゃ、夫は課長止りだわ」

「別れろと？」

「しっ」

涼子が三笠の手を引いて、テラスの隅の暗がりへ身を隠した。

テラスへ出て来たのは、三笠の妻、めぐみと、西方ルミだった。

「本当に気持いいわ！」

と、めぐみは伸びをした。

「ねえ、夜景もきれいでしょ」

「本当ね。──ルミさん。いつも主人の力になってくれてありがとう」

「私が」

「いつも言ってるわ。西方君がいないと、何もできないよ、って」

ルミが目をそらす。

「そんなことを……」

「ええ。――主人も色々ストレスがあって大変でしょう」

「奥さん……」

「知ってるわ。主人には女がいる。でも、いつかあの人は戻ってくる。そう信じてるの」

少し風が強くなった。

「奥さん……」

ルミがキッと向き合うと、「私、ご主人を愛してるんです！」

「え？」

「本当です。奥さん、死んで下さい。ここから飛び下りて」

めぐみは唖然としていたが、

「――本当に？」

「ええ。私が突き落としてもいいんですよ。私、力があるんです。奥さんは勝てませんよ」

「そうね。――そうでしょうね」

めぐみは、少し間《ま》を置いて、「分ったわ。でも、自分で飛び下りるのは怖い。背中を押してちょうだい」

「いいですとも」

めぐみは手すりの所に立って、夜景へ目をやった。

「いいですね」

「それであの人が幸せになるなら……」

ルミの両手が、めぐみの背中へと伸びた。

「待ちなさい！」

鋭い声がした。藍が立っていた。

「目を覚まして！」

ルミがハッとしてよろけた。

「危い！」

めぐみがルミを抱き止めた。

「──奥さん」

ルミは呆然《ぼうぜん》として、「どうして私、ここに？」

「憶えてないの？」

「邪魔したわね！」

黒い人影がテラスに立っていた。

「私が、止めてみせる。――三笠さんも、騙《だま》されてはいけませんよ」

めぐみがびっくりして、

「まあ、あなた！」

「めぐみ……。良かった！」

三笠は妻へと駆け寄った。

「何よ！」

涼子が苛々と、「せっかくうまくいきかけたのに」

「ご自分で考えてのことと思っておいでサでしょうけど、あの女のやらせていたことなんですよ」

と、藍は言った。

「ミドリ！」

三笠が目をみはって、「君は――」

「あなたの見た占いの女です」

「ミドリが？」

すると、若いミドリが一瞬の内に老女と化して、高笑いすると、

「欲のある限り、お前たちに取りついてやる！」

と言うと、姿が消えた。

「――あれは何だ？」

「あなた……」

「三笠さん。あなたの心の闇が生んだ幻なんですよ」

「僕の……」

「誰でも心に闇を抱えています。それにつけ込む〈悪〉がいるんです」

藍が言った。

「わあ、凄かった！」

手を打っているのは、真由美だった。「今の、悪魔？」

「また、こんなこと覗きに来て。――三笠さん、奥さんを大切にして下さい」

「はあ……」

「申し訳ありません」

ルミがめぐみの前に手をついて、「明日、辞表を出します」

「いけないわ。――主人はあなたがいないとだめなのよ」

「奥さん……」

ルミは涙を拭《ぬぐ》った。

「――何だか、夢から覚めたみたい」

と、涼子が息をついた。

「どうしたんだ、ここに集まって」

北山がテラスへやって来た。「にぎやかだな。仲間に入れてくれ」

「ええ、どうぞ」

と、藍は言った。「真由美ちゃん、もう一度、温泉に入りに行かない？」

「行く！」

藍は真由美の肩を抱いて、大浴場へと向ったのだった……。

埋《うず》もれた罪

1　爆発

「わあ、凄《すご》い！」

と、弥生《やよい》が思わず声を上げた。

「――どうしたの？」

母親の関根《せきね》邦代《くによ》が娘の方へやって来た。

「ねえ、見て！　ここってうちの医院があった所だよね」

「そうね」

「ほら、あんなに大きな穴ができてる！」

マンションの建設予定地は、簡単な柵で囲われているだけだった。

「本当ね」

邦代も、実際に目にするとびっくりした。

地下に駐車場を作るとか言っていたようだが、はっきり憶《おぼ》えていない。

しかし、かつて邦代が住んでいた家は跡形もなくなり、さら地になってしまっている。

そして、こうして見ると、ずいぶん広かったのだと驚くのだった。

そして、その土地の真中《まんなか》に、大きな穴が掘られていた。一辺何十メートルあるだろうか。四角いその穴は、深さがどれくらいなのか、道から覗《のぞ》いているだけでは分らなかった。

——ここへ来るのは久しぶりだった。

夫の父親まで、代々ここで開業していたのだが、その父が亡くなって、結局ここを夫が相続するのは大変だということで、不動産会社を通して、マンション会社に売却した。そして、住んでいた家が壊されるのを見たくない、と思って、一家は都心のマンションに引越した。

しばらくぶりに訪れると、もう医院も家もかけら一つ残っていなかった。

「ね、マンションって、いつ建つの？」

と、弥生が訊《き》いた。

「さあ……。いつかしらね」

邦代も夫から「色々あって、マンションの建つのが遅れるようだ」と聞かされていた。その後の事情は、よく知らなかった。

ともかく今、その土地には人の姿はなかった。資材がビニールシートをかぶせて置かれているだけだ。

すると、そのとき、

「まあ、奥さん！　関根さんの奥さんでしょ？」

と、声をかけて来たのは、六十前後の主婦で、弥生も会ったことがある。

「あら、どうも……」

と、邦代は会釈《えしやく》した。「色々お世話になりまして」

「お久しぶり！　今、どうしてらっしゃるの？」

正直、邦代はその主婦の名前を思い出せなかった。ご近所とはいえ、特に親しかったわけではない。

しかし、相手はそう思っていないようで、

「みんな色々話してたのよ。ここに立派なマンションが建ったら、きっと戻って来られるわね、って」

と、立て板に水の勢いでしゃべり続ける。

邦代は言葉を挟む間もなく、ただ「ええ」とか、「いえ」と言っているばかりだった。

弥生は退屈していた。もちろん十二歳の女の子に、大人の話はつまらない。

そのとき、通りをチョコチョコと渡って来る子猫を見付けて、

「わあ、可愛《かわい》い！」

と、弥生は駆け寄った。「おいで！」

ずっと猫を飼いたいと思っていた。でも、パパが動物を飼うのを許してくれなかったのだ。

「ね、おいで……」

と、弥生はしゃがみ込んで子猫の方へ手を伸《のば》した。

しかし、子猫は怖がっているのか、パッと向きを変えて逃げ出してしまった。

「あ……」

弥生は、子猫が柵の隙間から、工事の始まっていないその空地へと入って行くのを見た。

「ね、危いよ」

と、弥生は声をかけたが、子猫に分るわけもない。

子猫はタッタッと小走りに、あの大きな穴の方へと近付いて行った。

「だめだよ！　落ちちゃうよ！」

あんな大きな穴に落ちたら、上って来られないだろう。弥生は何も考えずに、ともかく子猫を止めようと、柵の壊れた所から中へ入って行った。

でも、弥生が追いかけたことで、子猫はますます駆ける勢いを速めた。

「だめ！　そっちへ行っちゃ――」

子猫の姿が、穴の中へ消えた。弥生は急いでその穴の方へと――。

「あら」

邦代は、やっと名前の分らない主婦から解放されて、初めて弥生のいないことに気が付いた。

「弥生？　――弥生、どこ？」

キョロキョロと左右を見回したが、弥生の姿はなかった。

邦代は青くなった。でも――もう十二歳、小学校六年生なのだ。一人でどこかへ行ってしまうなんてこと……。

「弥生！　――弥生！　どこにいるの！」

と、邦代が声を張り上げたときだった。

ズシン、と足下を揺《ゆる》がすような音と共に、爆発が起きた。

さら地になった、あの大きな穴の辺りが土煙を上げて吹っ飛んだ。

「キャッ！」

邦代は、飛んで来る土や泥が顔に当って、悲鳴を上げた。そしてバラバラと土くれや小石が降って来た。

邦代は、気が付くと道路に座り込んだまま、あちこちに泥や土をかぶって、呆然《ぼうぜん》としていた。――一体何があったんだろう？

ヨロヨロと立ち上ると、近くの家から人が次々に飛び出して来た。

「どうした！」

「爆発だぞ」

邦代は泥で汚れた顔を手の甲で拭《ぬぐ》ったが、手にも泥が飛んでいるので、さっぱり変らなかった。

「大丈夫ですか？」

と、男性の一人が邦代へ声をかけた。

「はあ……」

「あれ？　関根さんの奥様ですね」

「はあ……。あの……」

「びっくりですね、こんな所で、爆発なんて」

「弥生が……」

「今、一一九番と一一〇番、両方連絡してますから」

「いないんです」

「え？」

「弥生が……」

「ああ、娘さんですね。今、ご一緒に？」

「ついさっきまで、ここに……」

「そうですか。しかし――いませんね」

「弥生……。弥生が……まさか！」

あの爆発。あれに、もし弥生が……。

邦代は柵をくぐって、さら地の中へと入って行った。

「奥さん！　危いですよ！」

と呼ぶ声も、耳に入らなかった。

「弥生！　どこにいるの！　返事して、弥生！」

邦代は絶叫した。「弥生！」

そのとき、足下で何かが動いた。

見下ろすと、子猫が一匹、ちょこんと座って、邦代を見上げていたのだった……。

2　親心

「お疲れさま」

バスを降りて、町田藍《まちだあい》は言った。

「今日は幽霊出なかったね」

と、残念そうに言ったのは、〈すずめバス〉の上得意客、女子高校生の遠藤真由美《えんどうまゆみ》である。

「無茶言わないで」

と、〈すずめバス〉のバスガイド、町田藍は苦笑した。「今日はそういうツアーじゃなかったでしょ」

「でも、藍さんがいると、霊が寄ってくるでしょ」

「大安売りしてるわけじゃあるまいし」

あーあ、と伸びをして、〈すずめバス〉の本社兼営業所へ入って行くと、

「おい、町田君」

と、社長の筒見《つつみ》が言った。

「あ、社長、まだいたんですか」

藍の言葉に筒見はちょっとむくれて、

「おい、それじゃまるで俺がいつも先に帰ってるみたいじゃないか」

「だって、そうじゃない」

と、ついて来た真由美が言った。

「お客様の前でそこまで言わなくても……」

「お客様？」

「あちらがお待ちだ」

奥の方で立ち上った女性が、藍の方へやって来た。

「町田藍さんですか」

「はい、そうですが、何か……」

すると、その女性が突然床にベタッと座り込み、両手をついて、

「お願いです！　娘を見付けるのにお力を貸して下さい！」

と、頭を下げたのである。

藍はびっくりして、

「待って下さい……。一体どうなさったんですか？」

と、あわててしゃがみ込むと、「手を上げて下さい。立って下さいな、お願いですから」

その女性の手を取って立たせると、

「あなたはもしかして、あの不発弾事件の――」

「そうです。関根邦代と申します」

「分りました。ともかく――おかけ下さい。さあ」

藍は真由美の方へ、

「真由美ちゃん、悪いけどお茶いれてくれる？」

「うん、いいよ」

お客を使うのは気がひけるが、今はそんなことを言っていられない。

「――申し訳ありません」

関根邦代はハンカチで涙を拭うと、「他にすがる人がいないんです。何とか町田さんにお願いして……」

「私でお役に立てるかどうか分りませんが」

と、藍は言った。「ともかくお話を伺わせて下さい」

真由美が、関根邦代と藍にお茶を出して、自分もちゃっかり話に加わるべく、傍《そば》の椅子に腰をおろした。

「TVニュースなどで知っているのは、お宅の医院の跡地にマンションが建つことになって……」

「はい。古い戦前からの医院を取り壊して、さら地になっていました」

「工事は始まっていたんですか？」

「止っていました。このところ、マンションが売れないとかで、マンション会社が工事を先に延ばしたんです」

「そこに穴があったとか……」

「地下に駐車場を作るとかで、大きな穴が掘られていました。そこが放置されたままだったんです」

「分りました。当日のことを聞かせていただけますか？」

——関根邦代は、弥生を連れて久しぶりに元の自宅のあった場所を訪れたときのことを思い出しながら話した。

「凄い爆発だったそうですね」

と、藍は言った。

「ええ。——私も、飛んで来た土や泥で、ひどい姿になりました。でも、弥生の姿が見えないのに気付いて、そんなこと、どうでも良くなりました……」

「自衛隊の人が調査に入ったとか」

「はい。爆弾の破片から、戦争中にB29が落とした爆弾が、不発弾として地中に残っていたんだろうということに……」

「それが何かのきっかけで爆発したというわけですね」

「そうです。ただ……弥生がもしあの空地へ入って行ったとしても、あの穴の中へ入るとは思えません。二メートル以上の深さがあったんですから」

「そうですか」

「娘は……どうなってしまったのか……」

と、邦代は涙を拭った。

「爆発に巻き込まれて亡くなったと、ニュースなどでは……」

「そんなはずはありません！」

と、邦代は身をのり出して、語気を強めた。「あの子は死んではいません！」

藍も、しばらく何も言えなかった。

邦代は息をついて、

「すみません。つい、カッとなって」

「いえ、当然です」

「私が無茶を言ってるとお思いでしょ？　みんなそう言います。自衛隊の人も、警察の人も……。爆弾の威力が大きかったんで、弥生の体は……バラバラに……粉々になったんだと言うんです」

邦代の声が震えた。「でも、おかしいんです。いくら粉々になったって、弥生の体の一部分くらいは見付かるはずです。そうじゃありませんか？　ところが――あの一帯、土や泥は四方八方に飛び散っているのに、いくら捜しても、人間の体は見付かっていないんです。全くですよ！　髪の毛一本、服や靴のかけらさえ、なかったんです。そんなおかしなことってありますか？」

藍は邦代の話をじっと聞いていたが、

「そのお話は初めて聞きました」

と言った。「なぜＴＶや新聞には出ていないんでしょう？」

「TVも新聞も、警察発表しか伝えないんですよ。いくら私が訴えても、誰も聞いちゃくれません」

「そうですか……」

藍は少し考えていたが、「――分りました。私に何ができるか分りませんが、明日にでもその現場へ行ってみます」

「ありがとう！」

邦代は藍の手をしっかりと握った。「町田さん！　あなただけが頼りです！」

明日の午後、その現場で邦代と待ち合せる約束をして、藍は邦代を送り出した。

「――藍さん」

と、真由美は言った。「どういうことなんだろうね？」

「私にも分らないわ。でも、母親としては娘が生きていると信じたいわよね」

「本当なのかしら、現場に全く……」

「明日、あの邦代さんによく訊いてみましょう」

一体何が起ったのだろう？

関根邦代が帰って行った後、藍はバスを洗って、仕事の報告書を書いた。

真由美には「先に帰って」と言ったのだが、

「藍さんを待ってる」

と、クラスメイト扱いだ。

社長の筒見はもう帰っていたので、結局、藍が本社兼営業所の戸締りをして出ることになった。

「しょうがないわねえ」

と、藍は苦笑して、「じゃ、夕ご飯食べて帰る？」

「そのつもり」

と、真由美は澄まして、「フランス料理にする？」

「だめ。今日は私の行きつけの定食屋にしましょ」

「うん、どこでもいいよ」

真由美は金持のお嬢さん。父親が払う家族カードを持っているので、藍にごちそうしたりする。しかし、藍としては立場もあって……。

「失礼」

歩き出した二人へ、中年の男性が声をかけて来た。

「はい？」

「町田藍さんですか」

「そうですが……」

「私は関根俊行《としゆき》と申します。家内がお伺いしませんでしたか」

「ああ、関根邦代さんのご主人ですか」

「やはり会いに行ったんですね」

と、関根は言った。

「ええ。弥生ちゃんのことで」

「分っています」

と、関根は肯《うなず》いて、「家内の気持もよく分ります。もちろん、私も娘を失ったことは辛《つら》いのです」

「関根さん、それは……」

「他に考えようはありません。弥生は、不発弾の爆発で死んだのです」

と、関根は言った。「家内は、どうしても現実を受け容《い》れることができず、あなたのことを知って、すがるような気持で会いに行ったんです」

「そうですか。――では、関根さんとしては……」

「空《むな》しい希望を持たせないで下さい。家内がますます傷つくだけです」

「お気持は分ります」

と、藍は言った。「ただ、奥様のご相談にのるだけならばよろしいのでは？　奥様も納得されるかもしれません」

関根の表情が変った。

「なるほど」

「――なるほど、とは？」

「いくら取るつもりです？」

「は？」

「家内にいくら請求するつもりですか？」

藍がちょっとの間黙っていると、真由美が、

「ちょっと、おじさん！　失礼なこと言わないでよ。藍さんは人の弱味につけ込んでお金もらおうなんて人じゃないよ！」

と、食ってかかった。

「真由美ちゃん」

と、藍は抑えて、「関根さん。私はバスガイドで、占い師ではありません。奥様のご相談にのったとしても、もちろんお役に立つとは限りませんし、そのときははっきりそう申し上げます」

しかし、関根は藍の言葉を信じていない様子で、

「何か家内をそそのかすようなことをしたら、訴えます。憶えておいて下さい」

と言って、足早に立ち去った。

「何よ。感じ悪い！」

と、真由美はまだ怒っている。

しかし、藍は関根の言葉に別の何かを感じていた。

単に、妻が苦しむのを放っておけないというのではなく、藍が事故とは別のことに気付くのを恐れている、という風に見えたのである。

「——さ、行きましょう」

と、藍は真由美を促した。「お腹空《す》いたわね！」

3　過去

ここも東京？

そう言いたくなる深い山の中だった。

やっと捜し当てた家は、少し不似合なモダンな住宅だった。

「すみません」

と、声をかけたが、返事はない。

玄関のチャイムを鳴らして、藍は少し待った。すると、

「——どなた？」

と、家の傍から声があった。

庭から玄関の方へ回って来たらしい。白髪の女性が、手袋を取りながら、

「何かご用ですか？」

と訊いた。

「突然申し訳ありません」

と、藍は言った。「秋田周子《あきたかねこ》さんのお宅でしょうか」

「ええ」

と、その女性は肯いて、「私が秋田ですが」

「まあ……」

もう九十歳近いはずだが、白髪のその女性は背筋も真直《まっす》ぐ伸びて、とてもそうは見えなかった。

藍は名刺を出して、

「お訊きしたいことがあって伺いました」

と言った。「よろしければ、少しお時間をいただけないでしょうか」

秋田周子は少しの間、黙って藍を見つめていたが、やがてにっこり笑うと、

「分りました。今、手を洗って玄関へ回ります。待っていて下さい」

と言った……。

「まあ、こんなことが……」

居間でお茶を飲みながら、秋田周子は藍が持って来た新聞のコピーを読んで、ため息をついた。

「少しも知りませんでした。気の毒に」

と、首を振って、「弥生ちゃんは十二歳だったんですね……」

「秋田さんは、関根医院で看護婦をしておられたんですね」

と、藍は言った。

「ええ。でも、五十歳になったとき、おひまをいただいて……。もう四十年以上になります」

「じゃ、もう九十を超えておられるんですね！　お若いです」

藍は目をみはった。

「いえいえ」

と、秋田周子は言って、「それで――どういうご用件で？」

「実は――」

藍は、関根邦代から聞いた話を伝えて、「でも、やはりご主人に止められたのでしょう。邦代さんは現場へやって来られませんでした。でも、私はその空地へは行ってみました」

「そこで何か?」

「爆発のあった穴を見ました」

と、藍は言った。「確かに不自然でした。不発弾が爆発したのなら、もっと穴の形が変っていると思うんです」

「あなたは……何かを感じたんですね」

と、周子は言った。「思い出しました。町田藍さん。何か特別な霊感をお持ちのバスガイドさんですね」

「そういうわけでもないのですけど……。あの医院の跡に立ったとき、あそこに渦巻くような感情を覚えたんです」

と、藍は言った。「それで、関根俊行さんが何かを隠してらっしゃるような気がして。でもご当人は訊いても何もおっしゃらないでしょう。――あの医院についての記録を調べている内に、秋田周子さんのことを知って、こうして……」

「そうでしたか。――でも、どうしてそこまで?」

「さあ。ただ、邦代さんの悲しみを思うと放っておけなかったんです。秋田さん、あの医院で、何かあったんじゃないでしょうか?」

周子は少しの間黙っていた。

そして、ゆっくり口を開くと、

「院長先生にはずいぶんお世話になりました。もちろん、先代の、関根長一郎《ちょういちろう》様です」

「俊行さんのお父様ですね」

と、藍は言った。

「あの医院は、とても立派で、院長先生はご近所の方々からも『先生』と呼ばれて、尊敬されていました」

と、周子は言った。「歳《とし》の離れた奥様は俊行さんを産んだときに亡くなって……。私は俊行さんが五歳ぐらいのころまで、お世話をしていました」

周子は息をついて、

「もうあの医院もなくなったんですね」

と言った。

そして遠くを見るようにして、

「戦争中のことです。――といっても、もう昭和二十年になって、連日の空襲に、あの辺も、いつまで大丈夫か分りませんでした。そして、三月十日の、あの東京の下町が全滅した大空襲の数日後のことです」

周子は少し言葉を切って、「――医院の上に突然一機のB29が飛んで来ました。たぶん編隊から離れてしまった一機だったんでしょう。爆弾が残っていたのか、数発を落として行きました。でも、ほとんどは手前の林に落ちて爆発したので、被害は小さかったのです」

「では、医院には？」

「庭に落ちた一発が爆発して、医院の窓ガラスなどは粉々になりました。ただ、前夜まで大雨が続いて、庭の土が柔らかくなっていたせいか、深い穴ができましたが、建物はほとんど被害を受けませんでした。ただ……」

「ただ？」

周子はちょっと辛そうに、

「庭にいた、院長先生の愛犬が……。ほとんど分らないほどバラバラになってしまいました」

と言った。「先生は本当にその犬を可愛がっておられたので、男泣きに泣いて……。見ているのも辛いようでした。ところが――」

周子は続けて、

「そのB29が、あまり低空を飛んだものですから、銭湯の煙突に翼をぶつけてしまい、一キロ先の川に墜落したのです」

「パイロットは？」

「ほとんどは、機体と一緒に沈んでしまったのですが、一人だけが岸へ泳ぎついて助かりました。負傷していたこともあって、関根医院へ運ばれて来たのです」

「まあ……」

「院長先生は、アメリカ兵を中へ入れると……。私どもも、何も言えませんでした。負傷した兵士を、愛犬の敵《かたき》というので、怒りに任せて、庭へ引きずって行き、爆発でできた穴の中へ突き落としたのです」

「では、兵士は……」

「必死でよじ登って来ようとしました。穴にはもともとあった池の水などが深くたまっていたんです。私も、先生に『捕虜は助けなければ』と言いました。でも――先生は少しためらいはしましたが、もう一度、兵士を泥水の中へけ落としたのです……」

周子は息をついて、「近所の人たちもやって来ていました。誰も、兵士を助けろとは言いません。そして――大勢がシャベルでその穴に土を……。埋めてしまったんです」

「で……それっきり？」

「そのはずです。――戦争が終ると、先生は米兵を殺したことが知られたら、と怯《おび》えておられましたが、誰も真実を話す人はなく、結局捜査されることはありませんでした」

「そんなことが……」

と、藍は肯いた。

あの空地で感じた、激しい感情の渦は、穴が掘られたことによって解き放たれた、当時の人々の怒りだったのか。それとも埋められた米兵の恨みか。

「町田さん」

と、周子が言った。「今度のことが、あの七十年前の出来事と、何か関係あるんでしょうか」

藍は少し考えていたが、やがて、

「――お願いがあります」

と言った。

4　取り戻した「時」

「町田さん」

タクシーを降りて来たのは、関根邦代だった。

「おいでいただいて、ありがとうございます」

と、藍は言った。

「いえ……。すみませんでした。あの後、連絡もしないで」

「いいえ。きっとご主人が……」

「そうなんです。主人に厳しく言われてしまいまして……。しばらく、ケータイも取り上げられてしまったんです」

「今日はよく出られましたね」

「主人は医師会の集まりがあって、出かけています。——お手伝いの女性が、私を見張っているのですけど、今日は強引に出て来ました」

「では、ご主人の耳にも入っているかもしれませんね」

「構いません」

と、邦代は決然とした口調で言った。「もう何と言われようと、私は自分のしたいようにします」

「では……。あ、バスが来ました」

今日の藍はバスガイドの制服である。

そしてここはあの空地の前だった。

〈すずめバス〉が一台、角を曲ってやって来た。

「今日は、私どものお客様もご一緒です」

と、藍は言った。

バスが停《とま》って、客が降りて来た。もちろん、遠藤真由美もである。

「この間のお嬢さんですね」

と、邦代が真由美に言った。

「こんにちは」

と、真由美は言った。「藍さんが、きっと力になってくれますよ」

「ええ、信じていますわ」

と、邦代は微笑《ほほえ》んだ。

日がたって、邦代は冷静さを取り戻しているようだった。

「ここが問題の……」

客たちが空地を眺めて、「テープがあるけど、入っていいのかな？」

「ここの土地を持っておられた方の許可があるんですから」

と、藍は言って、「よろしいですね？」

と、邦代に念を押した。

「ええ、もちろんです」

藍が先に立って空地の中へ入る。あの穴はまだそのままになっていた。

そのとき、車の急ブレーキの音がした。

通りに停った車から、関根俊行が降りて来ると、

「何をしてるんだ！」

と、怒りの表情で空地へ入って来た。

「あなた。私がお願いしたのよ」

と、邦代は言った。

「お前は騙《だま》されてるんだ！　こんなインチキ女のたわ言を信じてるのか！」

と、関根は怒鳴った。

「お言葉ですが——」

と、藍は言った。「私は何ができるとか、ひと言も言っていません」

「しかし、家内をたぶらかして、こんなに人を連れて来てるじゃないか」

「この人たちは証人です」

「証人？　何の証人だ」

「これから起ることの、です」

と、藍が言ったとき、もう一台車が通りに停った。「おいでになりました」

車から降りて来た女性を見て、関根は、

「周子さん？——秋田周子さんか」

と、目をみはった。「君がこの女にしゃべったのか？」

周子は何も言わず、車のドアを開けて、手で押えた。

車から、黒いステッキが外へ出て来る。そして、ゆっくりと一人の老人が降りて来た。

関根が息を呑《の》んだ。

「親父……」

邦代がびっくりして、

「お義父《とう》様？　亡くなったのではなかったの？」

周子に抱きかかえるようにして支えられながらその老人は空地の中へと入って来た。

「関根長一郎さん、九十八歳です」

と、藍が言った。「脚は弱っておられますが、しっかりしておいでです」

「親父に何をさせようと言うんだ！」

と、関根が言うと、

「俊行」

と、はっきりした力のある声で、「なぜ知らせなかった。孫のことを」

「父さん……。知らせても、どうにもならないじゃないか」

「邦代さんは母親の直感で、ここで何かがあったことを察しているんだ」

「施設に入られていて、ここを取り壊したこともご存じなかったんですよ」

と、周子が言った。

「この穴が……」

と、関根長一郎は、小さな歩みで、その穴へと近付いて行った。

「お義父様、危いですわ」

と、邦代が長一郎の腕を取った。

「邦代さん。あんたは聞いたかね、ここで起ったことを」

「町田さんから大体のことは……」

　長一郎は嘆息して、

「あれは終っていないのだ」

　と言った。「私はあのアメリカ兵を助けなくてはいけなかった。医者として、負傷した人間の手当をするべきだった……」

「父さん。もうとっくに済んだことだよ」

「いや、終っていない。私にとってはな」

「しかし——」

「この底には、あの兵士がまだ眠っているはずだ」

「先日の爆発で、人骨などは出ていないのです」

　と、藍は言った。

「孫が、ここで消えたんだね」

　と、長一郎は言った。「孫の名は何というのかね？」

「弥生です」

「弥生か……。いい名だ」

　と、長一郎は肯いて、「その子はきっと生きている」

「お義父様……」

「父さん、むだだよ。自衛隊や警察が、弥生は死んだと――」

「黙って！」

邦代が烈《はげ》しい口調で言った。関根は面食らったように口をつぐんだ。妻から、こんな口をきかれたことがないのだろう。

「私は医師として、義務を果たさなくてはならん」

と、長一郎は言った。「七十年以上もたってしまったが……」

「先生」

と、周子が言った。「穴をもっと掘ってみますか」

「いや、その必要はない」

と、首を振ると、長一郎は穴のへり、ぎりぎりの所まで足を運んだ。

「先生、危いですよ」

と、周子が言ったとたん――。

長一郎はステッキを放り出すと、穴の中へと自ら落ちて行ったのだ。

「先生！」

と、周子が駆け寄ろうとしたとき、穴の中で爆発が起きた。

しかし、爆弾が爆発したというのとは違って、まるで中にたまっていた泥や水が一気に噴水のように噴き上げて来たのである。

「キャッ！」

と、真由美が声を上げた。

居合せた客の上に、泥水が降り注いだのだ。

もちろん、藍も泥水をかぶってしまった。

「どうしたの？」

と、真由美が顔を拭いながら言った。

すると――穴の外に、泥の塊《かたまり》のようなものが、動いていた。

「まあ！　人だわ！」

と、周子が言った。

ゆっくりと起き上ったのは――全身泥で覆われていたが、小さな女の子だった。

「弥生！」

邦代が叫んで駆け寄った。

泥が落ちて、女の子の顔が現われると、

「ママ？」

と言った。「どうしたの？　私……こんなに……」

「いいのよ！　泥だらけだって、構やしないわ！　帰って来てくれたのね！」

邦代は娘をしっかり抱きしめた。

すると、まだ残っていた泥の塊が、モゾモゾと動き出した。

「まあ、先生！」

周子が駆け寄る。「大丈夫ですか？」

ヨロヨロと立ち上ったのは、長一郎だった。

「ああ……。会って来たよ」

と、長一郎は言った。

「会って、って誰とですか？」

「あのアメリカ兵とだ」

「まあ……」

長一郎は穴の中を見下ろして、

「この底を少し掘れば、骨が出てくる」

と言った。「七十年以上もたっているが、誰か遺族の血縁の人間を見付けられるだろう」

「先生……」

「ちゃんと供養をしよう。そしてお詫《わ》びをする」

「お手伝いします」

と、周子が言った。

「町田さん」

と、邦代が言った。「ありがとう。あなたがいてくれたからですね。きっと」

「さあ、どうでしょう」

と、藍は微笑んで、「いずれにしても、奇跡を見られて満足してらっしゃいますわ、お客様は」

拍手が起った。

「でも、どこかでシャワー浴びないと」

と、真由美が言った。「着替え、どうする？」

「町田さん」

と呼ばれて、バスを洗っていた藍は手を止めた。

「ああ、邦代さん」

邦代が弥生の手を引いて立っていた。

「元気そうね」

と、藍は弥生に言った。

「うん！」

「ちゃんとお礼も申し上げないで」

邦代は営業所の中へ入ると、手土産《てみやげ》のお菓子を出して、「あのアメリカ兵の慰霊の行事が無事終りまして」

「孫に当る方がいらしたんですよね。新聞の記事で」

「義父もホッとしているようです」

と、邦代は言った。「今は、義父とこの子と三人で暮しています。主人とは別れることになるかもしれません」

「そうですか」

「周子さんも、時々来て下さるので、義父も楽しそうですわ」

「ね、おばちゃん」

と、弥生に言われて、藍は「私、まだ『お姉ちゃん』だけど」と言いそうになった。

「何かしら？」

「私、バスガイドになりたい。どうしたらいいの？」

「まあ。――あんまりおすすめしないけど」

と言って、藍は、奥の筒見の方をチラッと見たのだった。

死神と道連れ

1　ひとり旅

バスが揺れて、フッと目が覚めた。

「ひどく揺れるな……。大丈夫？」

と、納谷隆太《なやりゅうた》は、隣の席の恋人、西田《にしだ》あかりに声をかけた。

しかし、返事の代りに返って来たのは、

「うん……」

という唸《うな》り声だけ。

西田あかりはぐっすり眠り込んでいたのである。

やれやれ……。納谷隆太は、

「よく眠れるな、こんなに揺れてるのに」

と呟《つぶや》いた。

温泉へと向う夜行バスは、雪の中を走っていた。山中の道路は、前後に車もなく、ヘッドライトに浮かぶのは雪のカーテンを通して見える道路のセンターラインだけだった。

納谷は欠伸《あくび》をして、腕時計を見た。――三十分くらいは眠っただろうか。仕方ないな。――向うへ着くまで、ほとんど眠れないと思っていた方がいいだろう。着いてから、ゆっくり寝よう。

大きく息をついて、薄暗いバスの中を見回した。

ほぼ満席だ。――ほとんどは、納谷と西田あかりのような若いカップル。

あかりは今、二十一歳の大学三年生である。納谷は一年上の二十二歳、四年生。

夜行バスはあまり好きではなかったが、そこは学生だ。懐《ふところ》具合と相談すると、一番安く行ける夜行バスになる。

あと……一時間くらいだな。

早く着いて温泉に浸《つか》りたい！

あかりとは、半年くらい前から「恋人同士」と呼べる仲になっていた。

この温泉行きも、親公認。――もっとも、あかりの父親は渋い顔をしていたが、母親がとりなしてくれた。

納谷はあかりのことを、「一生の伴侶」にと考えていた……。

「うん……」

あかりがもぞもぞと動いて、納谷の方へともたれかかって来た。セーターを通して、ぬくもりが伝わってくる。

納谷はつい笑みを浮かべていた。

さあ、もう少しだ……。

納谷が指先で、そっとあかりの頰をなでた。あかりがくすぐったそうに口を尖《とが》らす。

可愛《かわい》いなあ……。可愛い……。

そう思ったのが最後だった。

次に納谷が目を開けたとき、体は逆さになり、バスの中は真暗《まつくら》で、あちこちから呻《うめ》き声が聞こえていた。

「あかり？　——あかり、どこだ！」

と呼んでも返事はなかった。

そして、あかりがどこにいるのかも分らなかった。隣に、身を寄せ合うようにして座っていたはずなのに。

手を伸《の》ばしても、触れるのは、座席の角の金具らしい、冷たい金属だった。

「あかり！」

と、納谷は叫んだ。

山奥の道。雪の中。——救助が来るのは、ずっと遅れた。

「今日は貸切りだって？」

と、ドライバーの君原《きみはら》が言った。

「ええ。〈M温泉〉まで。一泊して往復よ」

と、〈すずめバス〉のバスガイド、町田藍《まちだあい》は言った。

「何人乗るんだい？」

「さあ……。分らないの」

「分らない？」

「訊《き》いたんだけど、『当日分りますから』って言われて」

「へえ。しかし、人数が分らないんじゃ……」

「そう大勢じゃないらしいけど」

座席を見て歩いて、「大丈夫。じゃ、出かける？」

「集合場所はS町の交差点って……。しかし、そう長く停《と》めとけないぜ」

「それも言ってあるわ」

——何となく妙な印象の依頼だった。

〈すずめバス〉の本社兼営業所へ直接やって来たその男は、〈納谷隆太〉という名刺を出して、

「バスを二日間、貸切りたいのですが」

と言った。

大分頭の薄くなった、ごく平凡な中年男で〈N鉄工〉という会社の社長ということだった。

「社員旅行でいらっしゃいますか？」

と、町田藍が訊くと、

「まあ、そんなものです」

と答えて、「ともかく、バス一台でおいくらですか？」

藍の言った価格で、

「それで結構です。先払いしておきます」

と、その場で現金を取り出して払って行った。

社長の筒見《つつみ》はご機嫌で、

「いい客だ。また使ってくれるように、よくサービスしろよ」

と言った。

妙なことはもう一つあった。

帰りがけ、納谷という男は、

「当日は、どなたがガイドを？」

と訊いた。

藍は、自分がガイド、ドライバーは若手の君原という者ですと答えた。すると、

「お二人とも独身ですか？」

　と訊いたのである。

「はあ、そうですが……」

　藍が面食らって、「それが何か？」

　と訊くと、

「いや、それならいいんです」

　それなら、って？　そう訊く間もなく、納谷は行ってしまったのである。

「――もうじきだな」

　と、君原は言った。「どの辺に停める？　ぎりぎりまで待ってつけないと、パトカーでもいたら大目玉だぜ」

「そうね。一つ手前の信号で。――私、降りてS町の交差点の所まで行ってみるわ」

「それがいいな」

　君原はバスを道の端へ寄せて停めた。

　シュッと音をたてて扉が開くと、

「じゃ、ちょっと待ってて」

「OKなら、ケータイにかけてくれてもいいよ」

「そうするわ」

　藍は、〈すずめバス〉の旗を手に、バスを降りると、少し先の交差点へと急いだ。

　集合時間は午後三時ということになっている。あと十分ほどだ。

　もう揃《そろ》ってるのならいいけど……。

　藍は、交差点まで来て戸惑った。それらしい人影が見えない。

　誰も来てない？　――困っちゃうわね。

　信号の所に立ってキョロキョロしていると、横断歩道の向うに、コートをはおった納谷の姿が見えて、ホッとした。しかし、一人だ。

　信号が青になると、納谷は藍の方へと渡って来た。

「――ああ、どうも」

　と、納谷は言った。「制服なので、ちょっと分りませんでした」

「本日はよろしくお願いいたします」

　と、挨拶して、「他の方はまだですか？」

「誰も来ません」

　納谷の言葉に、藍はびっくりして、

「あの……ということは……」

「乗るのは私一人です」

「あのバスにお一人で？」

「ええ」

納谷は淡々と、「一人ではいけないというわけではないでしょう?」

と言った。

「はあ……。もちろんです」

藍はケータイを取り出し、君原へと連絡した。

すでに暗くなった山道を、バスは辿《たど》っていた。M温泉まで、あと一時間はかからないだろう。

「——どうなってるんだ?」

と、ハンドルを握る君原は言った。

「しっ。起きてらっしゃるかもしれないわよ」

と、藍は言ったが、

「あれでか?」

君原の言うのはもっともで、唯一《ただ》人の乗客である納谷は、バスの真中《まんなか》辺りの座席にかけて、どう見てもぐっすり眠り込んでいた。

「こんなツアー、初めてだわ」

と、藍は首を振って、「しかも、向うでの私たちの宿泊代も負担して下さるのよ」

「うまい話にゃ用心した方がいいぜ。君に夜の相手をしろとか言い出すかもしれない」

「まさか。——そういう感じの人じゃないでしょ」

「じゃあ、例の霊感で何か感じるのかい？」

「彼には感じないけど……。ただ、影が……」

「影？」

「何となく、暗い印象があるわね。でも、普通じゃないってとこまではいってない」

「明日、無事に帰れるように祈ってくれよ」

と、君原は冗談めかした口調で言った。

「この先、急なカーブが続くのね」

「ああ。三、四回来てるからな。大丈夫。憶《おぼ》えてるよ」

君原は、少しスピードを落とした。

「他の車が通らないわね」

「そうだな。平日だし、のんびり温泉に行こうって奴《やつ》がいないんだろう」

「あの人はたった一人で温泉？　変ってるわね」

と言って、ふと藍は眉をひそめた。「何だか……おかしいわ」

「どうした？」

「気を付けて！」

と、藍がバスの前方を見つめて、身をのり出した。「何かあるわ、その先に」

「停めるか？」

「ゆっくり走らせて。——そう、いつでも停められるように」

君原が更にバスのスピードを落とす。

「——見て」

ライトの中に白く雪が舞い始めた。

「雪？　まだ十月だぜ」

「これは本当の雪じゃないわ」

と、藍は言った。「幻の雪よ」

「吹雪だな、これじゃ」

バスの行手が真白《まつしろ》になって、ほとんど視界が失われてしまった。

「カーブに気を付けて！」

「大丈夫。記憶は確かだ」

ゆっくりとバスは進んで行った。——雪は叩《たた》きつけるようにフロントグラスを覆ってしまう。

「これが幻か？」

と、君原が言ったときだった。

「あかり、あかり！」

と、突然納谷が叫んだ。

一瞬の内に、雪が消えてライトの中に、対向車線をやって来るトラックが浮かび上った。

危い！　藍は息を呑《の》んだ。

しかし、君原は落ちついたハンドルさばきで、トラックをよけてすれ違った。

「あかり……」

目を覚ました納谷がバスの中を見回した。

「バスを停めて」

と、藍は言った。

君原は道の端へバスを寄せて停めると、

「思い出した」

と言った。「もう二十年くらい前だけど、この辺でバスが崖から落ちた」

「ニュースで見たわ」

と、藍は言った。「納谷さん、あなたは……」

納谷は深々と息をつくと、

「ええ。私はそのバスに乗っていました」

と言った。「恋人だった、あかりも」

「その方は亡くなったんですね」

「そうです」

と、納谷は肯《うなず》いて、「あかりだけじゃない。バスの乗客、三十一人と運転手、合わせて三十二人が亡くなりました」

「その事故で、自分を責めてらっしゃるんですか？」

と、藍が訊くと、

「責めているというより――呪っている、と言うべきでしょう」

と、納谷は言った。「何しろ、あの事故で生き残ったのは、私一人だったのですから」

2　呪われた道

ともかく――と、藍は思った――温泉で溺《おぼ》れないように用心しないとね。

バスはM温泉に無事に着いた。

納谷はしばしばこの旅館に来ているようだった。

藍と君原に、それぞれ部屋が用意されていて、夕食の前に、藍は熱いお湯に浸っていたのである。

特に季節がいいわけでもなく、平日なので旅館は空《す》いているようで、今、藍が入っている大浴場も、他に一人も客はいなかった。

納谷が二十三年前の事故で恋人を亡くしたことは分ったが、どうもそれ以外の事情があるらしいと察していた。

君原が、部屋へ入るときに、

「パソコンを持って来た。あの納谷って男のことを調べてみるよ」

と言っていた……。

もう出ようか、と藍が思っていると、ガラガラと戸が開いて入って来た客がいる……。

「──あ！　藍さん！」

藍は目を丸くして、

「真由美《まゆみ》ちゃん？」

〈すずめバス〉のお得意さまである、女子高校生の遠藤《えんどう》真由美だったのである。

「やっぱり、私、藍さんと運命的に結ばれているんだわ！」

と、嬉《うれ》しそうに言って、ジャボンとお湯へ入って来る。

「ご家族と？」

「ううん、親戚の叔父さん一家。うちはお父さんもお母さんも忙しくって」

「そう。寂しいわね」

真由美は藍に身を寄せてくると、

「でも、藍さんに会えた！　もう充分幸せ」

「ちょっと！　――私は仕事よ」

と、藍は苦笑して言った。

すると、戸がまた開いて、女性二人が入って来た。

藍は先に出ようとしたが、真由美が引き止めて、結局一緒に出ることになった。いささかのぼせてしまう。

浴衣《ゆかた》姿でロビーへ行くと、君原が待っていた。

「君原さん！」

「やあ、偶然だね」

真由美は、もちろん君原とも仲がいい。

君原は、ロビーのソファにかけていた。「男湯に、納谷さんが入っていたよ」

「何か分った？」

「それが……。ちょっとまともじゃない」

「え？　どうしたの？」

たちまち真由美の目が輝く。

「仕方ないわね」

藍は、納谷のことを話してやって、「——他に何かあったの？」

「そうなんだ」

と、君原は肯いた。「その世界では、納谷さんは有名な存在らしい」

「その世界って？」

「うん……。オカルトというか、超自然の出来事を信じる人間たちの団体での」

「藍さんの仲間？」

「私は違うわ。私の場合は、私と対象になる霊との一対一の関係。団体なんて作らないわ」

「あの二十三年前の事故だけど」

と、君原が言った。「納谷一人が生き残った」

「それは仕方ないでしょ。たまたまだわ」

「しかし、納谷は恋人だった西田あかりの家族だけでなく、他の遺族からも恨まれていたんだ」

「どうして？」

「納谷も、潰《つぶ》れたバスの座席に挟まれて動けなかった。救助を呼ぶこともできず、救助隊が駆けつけたのは、五、六時間たってからだった。その間に、重傷を負っていた何人かが、みんな亡くなってしまった」

「それを責められてるの？」

「そうじゃない。——納谷一人が生き延びただけじゃなかった。大事故だったのに、納谷は助け出されたとき、かすり傷一つ負っていなかったんだ」

「まあ……」

「挟まれて動けないのに、骨折もしていなかった。——恨まれて、挙句に、『わざとバスを崖から落とした』とまで噂《うわさ》されたんだ」

「気の毒ね」

と、真由美が言った。「たまたま、そういうことだってあるわよね」

「それだけじゃなかったんだ」

「というと？」

「一人だけ助かった？」

「納谷は外国で観光用の船が沈む事故にもあってる。ところが、このときも……」

「そうなんだ」

「まあ……」

「建設の仕事でアフリカへ行ってるとき、工事現場で、足場が崩れて、十人以上が死んだが、そのときも……」

「一人だけ助かった？」

「その通り」

藍はため息をついて、

「自分のことがいやになるのも分るわね」

と言った。「でも——あのときの雪も、納谷さんが降らせたものよ。もともと、普通の人間にないものを持ってるんだわ」

「——その通りです」

と、女の声がした。

さっき、後から温泉に入って来た二人の女性が立っていた。

「あなた方は……」

「納谷隆太に罪を償わせに来たんです」

二人とも、髪が白くなって、六十前後かと思えた。

「納谷さんの罪、ですか」

「あなたは町田藍さんね」

と、一人が言った。「〈幽霊と話のできるバスガイド〉さん」

「正確な言い方ではありません」

と、藍は言った。

「でも、力になって下さるでしょう?」

と、年長らしい一人が言った。「私は、バス事故で亡くなった、西田あかりの母です」

「私に力になれとおっしゃるのは、どういう意味でしょう？」

と、町田藍は言った。

「私たちは、あの男のせいで、大事な人を亡くしたんです」

と、西田京子《きょうこ》は言った。

「でも、あかりさんが亡くなったのは、バスの事故で……」

「ええ。乗客は、納谷隆太一人を除いて、全員死亡」

「それは納谷さんのせいではありません」

「でも、彼だけが、かすり傷一つ負っていなかったというのは、不自然ではありませんか？」

西田あかりの母、西田京子は、厳しい表情で言った。

「納谷さんはあかりさんと結婚するつもりだったのでしょう？」

「ええ、そうです。主人はいい顔をしていませんでしたが、私は、あかりが幸せならいいと思って許しました。二人でこの温泉に来ることを」

「それなら、納谷さんがあかりさんをわざと死なせるはずがないでしょう」

「わざとやったとは言いません」

と、西田京子は言った。「でも、あかりは納谷のせいで死んだのです」

そして、京子はもう一人の女性の方を見ると、

「こちらは、本多朋子《ほんだともこ》さんです」

と紹介した。

「――よろしく」

と、その女性は会釈して、「私は、最愛の夫を失ったのです」

「本多さん？」

と、君原が言った。「名前を見た気がする。アフリカの工事現場の事故で……」

「そうです」

と、本多朋子は肯いた。「主人は〈N鉄工〉の社員でした。社長の納谷についてアフリカへ行き、事故に遭って……」

「足場が崩れたんですね」

「そうなんです。工事に慣れていない現地の人を使うのに、主人はとても苦労していたようです。安全第一と言っても、さっぱり分ってくれないとこぼしていました……」

「それで事故が……」

と、藍が言った。

「社長の納谷が、国の偉い人を連れて来ることが急に決り、大急ぎで、工事が順調に進んでいるように見せる必要があったんです」

「そのせいですか」

「足場がちゃんとしていなくて……。足場が崩れたとき、主人は現地の従業員と足場の上に上っていました。七人が落下して、下にいた五人が巻き込まれたんです。十一人が死亡——主人もです」

「そのとき、納谷さんは？」

「下にいました。頭上に足場が崩れて来て、下敷きになったんです。でも……」

「助かったんですね」

「それも一人だけです！　しかも、かすり傷一つ負っていなかったんですよ。これが偶然でしょうか？」

「偶然でない、とおっしゃるんですか？」

と、藍は言った。「でも、そんな超能力があったとして、どうして他の人を死なせるのですか？」

「それは分りません。でも、あなたもあれが納谷のせいだと思われたでしょう？」

「そんな呪いのようなものは、今の世の中には存在しません」

と、藍が言った。

「意外なお言葉ね」

と、西田京子が言った。「あなたのような方が……」

「私は別に超能力を持ってはいません。ただ時として霊を感じるだけです。それも向うが寄って来るときです。——お二人が何をされようとしているのか知りませんが、納谷さんに罪を償わせるというのは間違っています」

藍の言葉に、京子は、

「残念だわ」

と言った。「でも、私の考えは変らない」

「もちろん、私も」

と、本多朋子が言った。「行きましょう」

二人が行ってしまうと、

「どうしたもんかな」

と、君原は言った。「納谷さんに、用心した方がいいと言ってあげるべきか」

「そうね。でも、たぶん……」

と、藍が言いかけたとき、旅館の正面にタクシーが着いた。

降りて来たのは、二十七、八と見えるスーツ姿の女性で、

「いらっしゃいませ」

と、迎えに出た旅館の女将《おかみ》へ、

「納谷隆太は泊っていますか?」

と訊いた。

「納谷様ですか？　ええ、お泊りです」

と、女将は答えて、「あ――そういうご質問は……」

答えるべきではなかったと気付いたらしい。

「私は納谷の秘書です」

と、その女性は言った。

すると、そこへ、

「阿川《あがわ》君！　何しに来たんだ」

納谷が浴衣姿で現われたのである。

「社長。心配になるのは当り前です。あんな書き置きを……」

「別に、遺書ってわけじゃない。ただ、旅行に出るから、万一のことがあったら、と思って……」

「普通、そんなもの書いて行きませんよ！　ともかく来てしまったんですから。私も泊ります。――お願いします」

「かしこまりました。あの……お部屋は別にお取りするんですか？」

と、女将が訊くと、

「もちろんです！」

と、即座に答えて、阿川という秘書は赤くなった……。

3　予言

夕食は部屋でなく、ダイニングルームでとるようになっていた。

奥の仕切られたテーブルで、藍たちと納谷、そして秘書の阿川舞《まい》は一緒に鍋を囲んだ。もちろん（?）遠藤真由美も加わっていた。

「納谷さん」

と、藍は言った。「ロビーでの、私たちと西田さんたちとの話、聞いてらしたのではないですか?」

「確かに」

と、納谷が肯く。「あの人たちが私を恨むのも、無理はありません」

それを聞いて、阿川舞は、

「まあ! 西田さんたちがここに?」

と、呆《あき》れたように言った。

「ご存知ですか?」

「ええ。西田さんと本多さんですね。会社にも何度かやって来て、社長を非難して行きました」

と、腹立たしげに、「私、警察を呼ぼうとしたんですけど、社長に止められて」

「あの人たちの身になってみれば、無理もないことだよ」

と、納谷は淡々と言った。「さあ、君は若いんだ。もっと食べて」

「いただいてます！」

怒りながら、阿川舞はしっかり食べていた。

阿川舞は勝気そうだが、可愛い女性で、納谷のことを心から心配しているようだった。

そこへ、

「お味はいかがでしょう」

と、旅館の女将がやって来た。

四十前後か、和服がいかにも似合っている。

「いつもここの鍋はおいしいよ」

と、納谷が言った。

「ありがとうございます」

と、女将は微笑《ほほえ》んで、「いつもお一人なので、こんなににぎやかなことは珍しいですね」

「飛び入りもいてね」

と、納谷が阿川舞を見て言った。

納谷が藍たちを紹介すると、

「まあ！　あの有名なバスガイドさんでしたの。女将をしております、戸沢秀代《とざわひでよ》と申します」

少々大げさに言われて、藍は照れてしまった。

「私、普通のバスガイドですよ」

「いえ、色々お噂は伺っておりますわ！　幽霊と力を合せて、殺人事件を解決なさったとか」

「私、私立探偵じゃありません」

と、藍は言って、「真由美ちゃん、その辺のお魚、もう食べられるわよ！　——暑いわね、鍋やってると」

焦っている藍を見て、真由美が面白がること……。

「そういう方だったんですか」

と、阿川舞が話を聞いて、藍をまじまじと眺めると、「そういえば、どことなく後光がさしているような……」

今度は観音様？　——藍はやけ気味で鍋をかき回した……。

たらふく食べて、また温泉に入って――。

これで眠くならなけりゃ嘘《うそ》だが、藍もやはり夜十時過ぎには布団に入って寝てしまった。

しかし、何か辛いものを食べたのか、十二時過ぎに目を覚まして、お茶をいれて飲んだ。

「もう一度入って来ようかな……」

温泉にせっかく来ているのだ。一度や二度じゃもったいない。

タオルを手に、欠伸しながら部屋を出ると、大浴場へ向った。

廊下は空気が冷たく、足下が寒い。

ふと足を止めたのは、誰かの話し声が聞こえて来たからだった。

「……だから、この機会を逃したら……」

「分っています」

女同士の対話である。

誰の声だろう？　一方はすぐ分った。

西田京子だ。相手は？

「明日は、あのバスガイドとバスでこの近くを回るのね」

「そういうお話でした」

「バスが崖から落ちるってことも？」

「でも、それは……。この旅館の名前が出ては困ります」

女将だ！　戸沢秀代といったか。

「決心してちょうだい」

と、京子が言った。「あなただって、納谷を恨んでるはずよ」

「それは……」

「あなたの父親は、旅先で、なまじ納谷と知り合ったばかりに、一緒の観光船に乗って、船が沈んだ……」

「それは、船が古くて、しかも定員オーバーだったせいで……」

「でも、納谷一人が救助されるなんて、どう考えたっておかしいでしょ。もし納谷が乗っていなければ、お父様はきっと助かったわ」

「はあ……。でも、やはり……」

戸沢秀代は口ごもった。

「あなたは、父親を亡くして悔しくないの？」

と、京子に問い詰められると、秀代も拒めないようで、

「分りました。でも、どうすれば……」

「そのことは、部屋でゆっくり話しましょう。本多さんも一緒にね」

二人の声が遠ざかって行く。

藍はすっかり目が覚めてしまった。

バスが崖から転落？　冗談じゃない！

しかし、西田京子の言い方は、どう見ても本気だった。

「思い込みも困ったものね……」

と呟いて、藍が大浴場へ向おうとすると、不意に目の前に納谷が現われた。

びっくりして、

「納谷さん！」

「やあ、どうも」

納谷は穏やかな笑顔を見せて、「何だか目が覚めてしまいましてね。温泉に浸って来ました」

「そうですか」

「あなたも？」

「ええ……。私はこれから行こうかと……」

「そうですか。夜中は人がいなくて静かでいいですよ。これでぐっすり眠れそうだ」

「それは良かったですね」

「では、おやすみなさい」

「おやすみなさいませ」

　藍は納谷を見送って、今の西田京子と女将の話を、納谷は聞いていたのではないかしら、と思った……。


戸を開けて温泉の湯気の中へと入って行くと、

「町田さんですか？」

「あら……。阿川さんですね」

阿川舞が先に来ていたのだ。

もしかして、納谷と二人で？　しかし、どうも、納谷はそういうタイプではない。

一緒にお湯に浸ると、

「男湯の方に、社長がいるんです」

と、阿川舞が言った。

「出て行かれましたよ。来る途中でお会いしました」

「そうですか。早いんだな、社長は」

と、舞は深々と息をつくと、「でも、私と社長は、そういう仲じゃないんですよ」

と言った。

「そうでしょうね。そんな風には見えません。でも、あなたは納谷さんを愛してらっしやる」

「そんなことが分るんですか？」

藍は笑って、

「これは霊感でも何でもありません。バスガイドなんかしていると、色々な男女を見て来ます。あなたを見ていると、納谷さんへの気持が分りますよ」

「そんなに顔に出ています？」

と、舞は照れたように、「でも、初めてお会いした町田さんが分って下さったのに、社長は少しも気付いて下さらないんです」

「そんなことはありませんよ。ただ、きっと納谷さんはあなたを不幸にしたくないんだと思います」

「何が幸福かなんて、私が決めることです」

と、舞は不服そうに言って、「すみません、町田さんにこんなこと言っても仕方ないのに」

藍は少し間《ま》を置いて、

「納谷さんはこの旅館へよく来られるんですか？」

と訊いた。

「そうですね。私はまだ〈N鉄工〉に勤めて四年ですから、それ以前は知りませんけど、少なくとも、この四年の間に、必ず年に二、三度はここへ泊っておられます」

「どうしてこの旅館にされているか、理由を聞かれたことは？」

「ありません。たぶん――慣れているので、気楽なんだと思いますけど」

「そうですか」

藍は息をついて、「――阿川さん、納谷さんが何か書き置きのようなものを置いて来られたとおっしゃいましたけど、それはどういう……」

「びっくりしました。メールとかじゃないんです。会社の社長のデスクの上に封筒があって、〈阿川君へ〉とあったんですよ。で、開けてみたら、『もし、僕が戻らなかったら』ってあって、後の会社はどうする、とか書いてあったんです。もう、びっくりして……」

「それはそうですね」

と、藍は肯いて、「あなたのことは、何か書いてあったんですか？」

「ありました」

と、舞は面白くなさそう。

「何とあったんですか？」

「それが……『阿川君は、次の三人の内の一人と結婚するように』って、社内の独身の男性の名前が並べてあったんです！　冗談じゃないですよ。猫の子もらうわけじゃなし、誰か適当に選べなんて」

舞の腹の立て方がおかしくて、藍はふき出すのをこらえるのが大変だった……。

4　事故

「お時間ですね」

と、藍は言った。

「ええ。出かけましょう」

と、納谷は旅館の玄関へ出て来て言った。

「この近くだと、湖がきれいな所があるそうです。紅葉も見られると」

「それはいい。そこへ行きましょう」

バスはもう旅館の正面につけていた。

「あの……」

と、藍はちょっと時計を見て、「阿川さんがおみえになりませんが……」

「ああ、あれは置いて行きましょう」

「え？　でも――」

「何だか、ゆうべ飲み過ぎたらしくて、気分が良くないらしいんです。寝かせておきましょう」

と、納谷がさっさとバスに乗り込んでしまう。

「はあ……。では……」

と、藍が乗り込んで、「じゃ、君原さん、出発して」

バスが動き出したとたん、

「待って！」

と、声がした。

阿川舞が駆けて来て、扉が開くと、パッと乗り込んで来たのだ。

納谷がびっくりして、

「君――」

「私を置いてこうったって、そうはいきません！」

と、舞は座席にドカッと座ると、「私は秘書です。どこへでもご一緒します」

納谷も、何とも言い返せないようだった。

バスは旅館を出て、山間《やまあい》の道へと入って行った。

「もうそろそろね」

と、西田京子が言った。「もうバスが戻って来るでしょう」

「間違いなく、この場所で？」

と、本多朋子が訊く。

「ええ。下りの途中でブレーキが利かなくなるはずよ」

西田京子、本多朋子、そして女将の戸沢秀代の三人は、山道の途中、大きなカーブを見通せる辺りに立っていた。

「でも……」

と、戸沢秀代が言った。「納谷さんだけでなく、ドライバーさんや、あのバスガイドさん。それに秘書の方まで……」

と、京子が言った。「それに、あの崖からバスが落ちれば、いくら納谷でも助からない。それぐらいしなきゃ、納谷は死なないわよ」

「今さら遅いわ」

「バスが見えたわ」

と、朋子が言った。

山道を上り、湖を見物して、下って来るバスが目に入る。

「もう少しだわ」

と、京子は言った。

「やめましょう！」

と、秀代が言った。「納谷さんを殺しても、大事な人が戻ってくるわけじゃありません！」

「もう手遅れよ」

と、朋子が言った。「ほら……」

下って来るバスが急にスピードを上げた。カーブをぎりぎりに曲って、一番急なカーブへと……。

しかし——一旦木々のかげに隠れたバスは、一向に姿を現わさない。

「——どうしたのかしら？」

と、京子が不安げに、「ちゃんと細工しておいたのに……」

すると、

「残念ですが」

と、三人の後ろで声がした。

びっくりして三人が振り向くと、藍が立っている。

「あなた……」

「バスは、あの手前で停っています」

と、藍は言った。「ブレーキに細工したことぐらい、プロに分らないとでも？　君原が必ずバスをチェックします。素人《しろうと》の細工なんか、目に付きますよ」

「そんな……」

「修理工を雇ったんでしょう？　でも、腕のいい修理工が、そんなことに手を染めるわけがありません。素人同然のお金目当ての男だったんですよ」

と、藍は言った。

「あんたに何が分るの！」

と、京子は言った。

「分りますとも。生き残ることの辛《つら》さもあるということが」

と、藍は言った。「納谷さんは、誰よりも自分の運命に苦しんで来たんです」

藍はケータイで君原へかけると、

「もうこっちへ来て」

と言った。

バスがゆっくりと急カーブを曲って来る。

「これで良かったんですね」

と、秀代が言った。

「そうですよ」

と、藍は言った。「あなた方は、現実の殺人罪をおかすところだったんです」

バスが藍たちの所まで来て、停った。

扉が開くと、納谷が降りて来た。

「申し訳ありません！」

と、秀代が頭を下げる。

「いや、私は知ってましたよ」

「え？」

「あの観光船でご一緒したのが、あなたのお父さんだったとね」

「では、そうとご存知で、うちの旅館に？」

「あなたはいつでも私に仕返しできた。そうでしょう？」

「納谷さん……」

しかし、西田京子と本多朋子は不満げに、納谷をにらんでいる。

「――お二人が私を恨んでおいでなのは分ります」

と、納谷は言った。「この崖でも、落ちれば命はないでしょう。――お望みなら、私を突き落として下さい」

「本当に？」

と、京子が言った。「喜んで突き落としてあげるわ」

「待って下さい」

と、バスから阿川舞が降りて来て言った。

「邪魔させないわよ」

と、京子が言った。

「邪魔はしません」

と、舞は言った。「社長を突き落とすなら、私も突き落として下さい」

「阿川君！　何を言うんだ！」

と、納谷がびっくりして、「どうして君が死ぬ必要がある！」

「必要がなくても、私は自分でそうしたいだけです」

「君は……」

「望み通りにしてあげるわ！」

と、京子が納谷につかみかかろうとしたとき――。

突然、舞が叫んだ。

「やめて、お母さん！」

それは別人の声だった。ハッとして京子が足を止める。

「お母さん、いけない……」

と、別の声が言うと、舞がその場に気を失って倒れた。

「阿川君！」

納谷が急いで抱き起す。

京子が青ざめて、

「今の声……。あの子の声だわ！　あかりの声……」

と、よろけた。

「今のは……あなたの仕業《しわざ》？」

と、朋子が訊いた。

「違います。あかりさんが、納谷さんの中に生きていたんですよ」

と、藍は言った。

京子は地面に座り込んで、呆然《ぼうぜん》としていた……。


「申し訳ない」

と、納谷は手をついて、「何の関係もないあなたたちを巻き添えにしようとして」

「私と君原が独身と聞いて『それならいい』とおっしゃいましたね」

と、藍が言った。「家族がいなければ、死んでもいいと？」

「いや、心得違いだった。本当に……」

「そうですよ」

と、阿川舞が言った。「道連れにするなら、私だけにして下さい」

——旅館に戻っていた。

西田京子と本多朋子はもう旅館から去っている。藍たちも、仕度をしてロビーに来ていた。

真由美が、「肝心のところを見逃した！」と悔しがっている。

「阿川君……」

「舞と呼んで下さい」

「しかし――」

「社長の中に、もしあかりさんがまだおられても、私は構いません。喜んで社長と結婚します」

「僕はプロポーズしてないよ」

「私が、しました」

聞いていた藍たちが笑って、

「結婚しなきゃなりませんね」

「あのバスでハネムーンと行きますか」

とからかうと、納谷は汗を拭いて、

「しかし……私はもう四十五で……」

「私と十七しか違わないじゃありませんか」

と、舞が言った。

「私の年齢と同じ……」

と、真由美が呟いた。

「帰りは道連れですね」

と、藍は言った。「幸運の神とね」

解　説

シークエンスはやとも

はじめまして、芸人のシークエンスはやともと申します。幼い頃から幽霊が見えて、テレビやＹｏｕＴｕｂｅでは「霊視芸人」として活動しています。

本作の主人公の町田藍《まちだあい》さんと同様、「霊感がすごいんですよね」「何でも見えるんですよね」というようなことを言われて「いや、そんなに見えないですよ」と返す体験を何百回もしてきているので、作品を読んでいて、藍さんに共感することしきりでした。

藍さんは霊感が強く、そして、人の嘘《うそ》が見破れたり、この日に何かが起こると感じたら実際に的中したりします。こんな凄《すご》い能力を持ちながらも、彼女はあくまで「バスガイド」として働いている……ということは、この作品の大きなポイントです。

実は藍さんがいない段階では、事件は起きていても、怪奇現象は起きていなかったりするんです。彼女がバスツアーなどで現地に行くことによって、怪奇現象が起こるし、それをツアーのお客さん＝つまり他人も一緒に体験することができる。これは十分、職業として成り立ちます。でも、「これはお金儲《かねもう》けのために身についている能力ではないんだ」とどこかで感じているからこそ、バスガイドを続けているのではないでしょうか。

私自身も、実は似たようなことを感じています。「お笑い芸人」というパッケージを外したくないんですよね。藍はツアー以外でも、問題を解決するために動いたりはしているけれど、それでも「バスガイドです」という立ち位置を守り続けている。その考え方が、とても理解できるなと感じました。

また、本作において欠かせない存在が、常連客の真由美《まゆみ》さんと運転手の君原《きみはら》さんです。心霊が見える人というのは、ある程度、人の嘘とか本質が見えることが多くて、それ故に、人間不信になりやすい部分があると思うんです。そんな時、真由美さんのような、無邪気に近寄ってきて懐いてくれる存在って、心の救いになるんですよね。こんなに純粋に好いてくれる人っているんだな、と感じるはずです。藍さんは、真由美さんのことをちょっと煙たがるようなそぶりは見せながらも、ごはんに連れていったり、旅先でばったり会えば一緒に行動したり……と親しくしています。真由美さんの存在は藍さんにとって救いになっているんでしょうね。

一方、君原さんは、十月に吹雪《ふぶ》く……なんていう怪異が起こる中でも、平然とバスの運転を続けたりする、全然動じない人です。心霊現象が起きたときに騒がない人って、一緒にいて心地いいんですよね。何があっても動じずに対処してくれるので、安心できるんです。

私の近くにもこんな二人がいてくれたら、同じように付き合うのにな、と少しうらやましく感じました。

本作の中で私が一番好きなのは、「埋《うず》もれた罪」です。マンション建設予定地で突然起きた爆発。近くにいた十二歳の弥生《やよい》さんという少女がそれに巻き込まれて忽然《こつぜん》と姿を消してしまう……というところから始まる物語です。弥生さんの母親である邦代《くによ》さんは、周囲からおかしなことを言っているように扱われます。けれど実は、彼女は最初から最後まで間違ったことは言っていないんですよね。娘への愛情ゆえに、霊能力という不確かなものにも藁《わら》にもすがる思いで頼るし、見栄《みえ》やプライドをかなぐり捨てる。それが、社会の中では時として、変人扱いされてしまっているんです。

逆に、社会性の固まりのような存在が、弥生の父親です。妻が霊能者に頼ったと知ったら、ほとんどの人が彼のように止めにいくでしょうし、行方不明になって時間が経《た》っている我が子、死んでいる可能性の高い娘を亡くなったと判断して、自分の父親の名誉や家を守ろうとするというのは、一般的に正しいとされるでしょう。

社会性を重んじる人たちは、どんな理由であれ、そこからはみ出している人を変人扱いして笑いがちです。少し話はずれますが、最近の若者は夢を持っていないと言われますよね。でも、本当はそうではなくて、夢を持つと笑われてしまう。夢を持つことを許さない社会なのではないかと思います。夢だけではなく、たとえば本作のような母の愛や、熱い友情、恋人への強い恋慕だったり、そういったものですら、時に嘲笑の対象になってしまうような、生きづらい世の中になってしまっているんじゃないでしょうか。そんな、今の日本の状況を描き出しているように感じました。

小説を読んでいるときは愛情深いものに感情移入するのに、どうして普段の生活ではそうではないんだろう？　ということを、邦代さんに感情移入して読んでいることを自覚しながら、考えました。

ただ、父親の行動にもちゃんと理由があるわけで、一方的に悪者とも言い切れない。登場人物のそれぞれに事情があり、絶対的な悪を設定することが出来ない作品で、考えさせられる部分が多かったです。

主人公の藍さんに色々と共感する部分が多い一方で、不思議だったことがあります。それは、藍さんがバスガイドだとはいえ、本物の怪事件の現場にお客さんを連れていくのはなぜだろう？　ということです。普通なら顧客を危険な目に遭わせる可能性がある状況は避けるのでは……と感じたんです。

ですが、何回か読んで考えるうち、ある可能性に思い当たりました。

幽霊が出てくる作品って、「こんなお化けがでました！　怖いですね！」というホラーが多いと思うのですが、本作ではどの短編でも、お化け＝怖いという書き方をしていないんですよね。

作中に登場する不思議なこと、いわゆる怪奇現象は、誰かの心の闇が具現化したものだったり、心に抱えている悪事や罪が露見する瞬間だったり……そんな時に現れます。この「怪異名所巡り」という作品は、そういった、人間の生活と隣り合わせの闇みたいなものを幽霊に置き換えて、それをバスツアーのお客さん、つまり読者に見せてくれ、人間というものを理解しつつ前に進もうということを伝えてくれているのではないでしょうか。

（しーくえんすはやとも　お笑い芸人）

この作品は二〇一七年九月、集英社より刊行されました。

初出誌　小説すばる
炎は燃えて　二〇一五年七月号、八月号
救命ボートの隙間　二〇一六年三月号、四月号
墜落する愛情　二〇一六年七月号、八月号
寝過したマクベス夫人　二〇一五年十一月号、十二月号
埋もれた罪　二〇一六年十一月号、十二月号
死神と道連れ　二〇一七年三月号、四月号

集英社文庫　目録（日本文学）

相沢沙呼　雨の降る日は学校に行かない
青木皐　ここがおかしい菌の常識
青木祐子　幸せ戦争
青木祐子　嘘つき女さくらちゃんの告白
青島幸男・訳　23分間の奇跡
青塚美穂　小説 スニッファー 嗅覚捜査官
青塚美穂／深谷かほる・原作　カンナさーん！ 小説版
蒼月海里　水晶庭園の少年たち
蒼月海里　水晶庭園の少年たち 翡翠の海
蒼月海里　水晶庭園の少年たち 瑠璃の空
蒼月海里　水晶庭園の少年たち 喪に服す電気石
青羽悠　星に願いを、そして手を。
青柳碧人　家庭教師は知っている
青山七恵　めぐり糸
赤川次郎　駆け落ちは死体とともに
赤川次郎　毒POISON

赤川次郎　払い戻した恋人
赤川次郎　あの角を曲がって
赤川次郎　湖畔のテラス
赤川次郎　ウェディングドレスはお待ちかね
赤川次郎　ベビーベッドはずる休み
赤川次郎　グリーンライン
赤川次郎　哀愁変奏曲
赤川次郎　スクールバスは渋滞中
赤川次郎　ホーム・スイートホーム
赤川次郎　午前0時の忘れもの
赤川次郎　プリンセスはご・入・学
赤川次郎　ネガティヴ
赤川次郎　回想電車
赤川次郎　影に恋して
赤川次郎　聖母《マドンナ》たちの殺意
赤川次郎　呪いの花園

赤川次郎　試写室25時
赤川次郎　秘密のひととき
赤川次郎　マドモアゼル、月光に消ゆ
赤川次郎　神隠し三人娘 怪異名所巡り
赤川次郎　その女《ひと》の名は魔女 怪異名所巡り2
赤川次郎　復讐はワイングラスに浮かぶ
赤川次郎　サラリーマンよ 悪意を抱け
赤川次郎　哀しみの終着駅 怪異名所巡り3
赤川次郎　吸血鬼はお年ごろ
赤川次郎　吸血鬼株式会社
赤川次郎　死が二人を分つまで
赤川次郎　吸血鬼よ故郷を見よ
赤川次郎　厄病神も神のうち 怪異名所巡り4
赤川次郎　吸血鬼のための狂騒曲
赤川次郎　砂のお城の王女たち
赤川次郎　吸血鬼は良き隣人

集英社文庫　目録（日本文学）